Barbara Hennig / Sabine Dreßler / Waltraud Liekefett

Und Mirjam nahm die Pauke

Gottesdienste und liturgische Tänze

Mit einem Vorwort von Brigitte Enzner-Probst

unter Mitarbeit von
Arbeitskreis „Feministische Theologie"/ Braunschweig,
Dorothea Biersack, Ulrike Block von Schwartz,
Pia Dittmann-Saxel, Ute Ermeling, Karin Hartz,
Ingrid Kaufmann-Pieper, Christiane Klages, Elisabeth Lauer,
Karin Liebl, Ingrid Lötsch, Kerstin Müller, Dietlinde Mura,
Ölper Mädchengruppe, Dorothee Pultke, Sylvia Reimann,
Ingrid Schenk, Anneliese Uhse, Eva Viedt

Burckhardthaus-Laetare Verlag

Barbara Hennig, Jahrgang 1955, verheiratet, drei Kinder, pädagogische Mitarbeiterin für die Fortbildung haupt- und ehrenamtlicher Mitarbeiterinnen und Mitarbeiter der Ev.-luth. Landeskirche in Braunschweig, aktiv im Dekade-Arbeitskreis.

Sabine Dreßler-Kromminga, Jahrgang 1953, verheiratet, Pfarrerin der Reformierten Gemeinde in Braunschweig, aktiv im Dekade-Arbeitskreis.

Waltraud Liekefett, Jahrgang 1940, Diplom-Pädagogin im Landesverband der Evangelischen Frauenhilfe Braunschweig e.V., seit 1988 engagiert in der Dekadearbeit.

© 1998 by Burckhardthaus-Laetare Verlag GmbH, Offenbach/M.
Postanschrift: Schumannstr. 161, 63069 Offenbach/M.

Alle Rechte, auch die des auszugsweisen Nachdrucks, der fotomechanischen Wiedergabe sowie der Übernahme auf Ton- und Bildträger, vorbehalten.

Lektorat: Thomas Jung, Heidelberg
Umschlaggestaltung: Bernhard Mark, Reutlingen
Umschlagbild: Evita Gründler, Regensburg
Herstellung: Joachim Emrich, Gelnhausen
Satz, Druck und Verarbeitung: Salzland Druck, Staßfurt

Die Deutsche Bibliothek – CIP-Einheitsaufnahme

Hennig, Barbara:
Und Mirjam nahm die Pauke: Gottesdienste und liturgische Tänze / Barbara Hennig / Sabine Dreßler / Waltraud Liekefett. Mit einem Vorw. von Brigitte Enzner-Probst. – Offenbach/M.: Burckhardthaus-Laetare Verl., 1998

ISBN 3-7664-9349-3

Inhaltsverzeichnis

	Vorwort	5
	Einleitung	7
	„Kirchen in Solidarität mit den Frauen 1988–1998" Die ökumenische Dekade – ein Rückblick	9
	Liturgische Abende – „kleine Oasen in der Wüste"	11
	Methodische Hinweise	13
1.	**Zur Freiheit berufen**	**15**
1.1	„Wenn der Herr die Gefangenen Zions erlöst, werden wir sein wie die Träumenden ..." (Psalm 126)	15
1.2	Hanna (1. Samuel 1ff)	19
1.3	Hagar und Sara (1. Mose 16)	25
1.4	„Und Mirjam nahm die Pauke, lobte Gott, und alle Frauen folgten ihr" (2. Mose 15, 19-21)	33
1.5	Evas Töchter – verführbar, vertrieben, befreit (1. Mose 3)	39
2.	**Lebenszeiten**	**47**
2.1	„...da haben die Dornen Rosen getragen" (Lukas 1, 46-55) – ein Gottesdienst zum Advent	47
2.2	In der Mitte der Nacht liegt der Anfang eines neuen Tages (Jesaja 9, 1-4) – ein Gottesdienst zum Advent	49
2.3	Die Salbung in Bethanien (Markus 14, 3-9) ein Gottesdienst zur Passionszeit	53
3.	**Gewalt gegen Frauen – Frauen gegen Gewalt**	**59**
3.1	Schifra und Pua (2. Mose 1, 15-21)	59
3.2	Lots Frau (1. Mose 19, 24-26)	69
3.3	Judit und Holofernes (Apokryphen)	75
3.4	Abigajil oder der Umgang mit Macht (1. Samuel 25, 1-44)	80

4.	**Kinder, Kirche und Karriere**	90
4.1	Teresa von Avila – Heilige mit Herz und Verstand	90
4.2	Feierabend	95
4.3	Lob der tugendsamen Kirchenfrau (Sprüche 31, 10-31)	102
5.	**Sinn des Lebens**	107
5.1	Fülle des Lebens – erfülltes Leben (Matthäus 6, 27-28. 33-34)	107
5.2	Das andere Maß Gottes (Psalm 103)	112
5.3	Zeit der Reife (Psalm 139)	116
6.	**„Gott segne die Tänzerinnen"**	120
6.1	Meditatives Tanzen	120
6.2	Tanzbeschreibungen	122
	Al Achat (122) – Stampftanz (123) – Menoussis (124) – Frauenschutztanz (125) – Weg zum Licht (126) – Magnificat (127) – Mit dir (128) – Tanz für Hestia/Lichttanz (129) – Sonnenstrahlentanz (130) – Tanz für Sophia/Segentanz (131) – Werden und Wachsen (132)	
7.	Literaturverzeichnis	133
	Liederverzeichnis	134

Vorwort

„Und Mirjam nahm die Pauke, lobte Gott, und alle Frauen folgten ihr" – prägnant und bildhaft ist diese „erste Frauenliturgie" im Buch Exodus am Beginn der Bibel beschrieben.
Mirjam, neben Aaron und Mose ebenfalls eine Führerin des Volkes, feiert mit den Frauen des Volkes ihre Rettung aus der Sklaverei, aus entwürdigenden Verhältnissen, aus angstvollem Leben.
Zögernd waren sie zunächst aus Ägypten aufgebrochen, in einer Nacht-und-Nebel-Aktion. Was würde sie erwarten? Tage des Entsetzens und des Rückwärtsschauens lagen hinter ihnen, es hätte auch alles ganz anders ausgehen können. Dann war da aber plötzlich die Erfahrung, dass das Unmögliche möglich wurde, das völlig Unerwartete geschah, das Meer hatte sich aufgetan, sie waren hindurchgezogen und dadurch gerettet.
Und dann, als das erschöpfte Schweigen vorbei ist, beginnt Mirjam mit ihrem Dankgottesdienst. Aber Mirjam baut keinen Altar, fest gebaut, aus Steinen, wie es an anderer Stelle von den Ur-Vätern des Volkes Israel berichtet wird.
Mirjam nimmt eine Pauke in die Hand, schlägt den Takt und beginnt, sich langsam zu wiegen. Zu ihrem Lied „Gelobt sei Gott, denn Ross und Reiter warf er ins Meer!" summt sie eine Melodie. Ein Reigentanz entsteht, die Frauen summen mit, eine nach der anderen fällt in den gemeinsamen Rhythmus ein. So feiern sie im Tanz ihre Befreiung und loben dadurch Gott.

Diese Weise, Gott zu loben, mit Rhythmus und Bewegung, im Tanz um die Mitte, die Befreiung erinnernd, lebt auf in den Frauenliturgien, die immer häufiger auch in unseren Kirchen gefeiert werden. Viele Frauen fühlen sich Mirjam gleich, aufgebrochen aus dem vermeintlich unveränderbaren Platz für Frauen in Kirche und Gesellschaft. Unsicher noch, erste Schritte und Versuche auf dem eigenen Weg wagend. Dann aber spüren sie mit anderen zusammen den Rhythmus und Herzschlag der Freiheit, gewinnen Mut, den eigenen Weg zu gehen, die eigene Weise, den Glauben auszudrücken, zu gestalten. Sie erfahren es als befreiend, Gott in weiblichen Bildern anzurufen, in Tanz und Bewegung das Leben zu feiern, befreit von alten Bildern, von bedrückenden Vorstellungen, von einengenden Grenzen, befreit zu einem Leben in der Würde der Töchter Gottes.

Die abendlichen Liturgien dieses Buches, von Frauen gestaltet und gesammelt, möchten dazu einladen, den Aufbruch aus den vielfältigen Verstrickungen unseres Lebens zu wagen, im Nachsinnen, im gemeinsamen Beten und Hören, im Schweigen und Miteinander-Teilen Kraft zu schöpfen, um zu erkennen, was zu mehr Freiheit und Leben führt für alle.

„Und Mirjam nahm die Pauke … und alle Frauen" – und hoffentlich viele Männer und Kinder – folgen ihr nach …

München, im Mai 1998   Dr. Brigitte Enzner-Probst

Einleitung

Im Rahmen der vom Ökumenischen Rat der Kirchen ausgerufenen Dekade „Kirchen in Solidarität mit den Frauen 1988–1998" findet in Braunschweig, koordiniert durch die örtliche Dekadegruppe, eine vielfältige Arbeit statt, um Inhalte und Ziele des Programms so weit wie möglich umzusetzen (vgl. Kapitel: Die ökumenische Dekade „Kirchen in Solidarität mit den Frauen" – ein Rückblick).

Im Verlauf der Dekade wurde von Frauen vor Ort der Wunsch nach Regelmäßigkeit und Kontinuität von „erkennbar anderen Gottesdiensten" laut. Aus einem offenkundigen Bedürfnis heraus ist also die Reihe der „Liturgischen Abende" entstanden, seit September 1994 eine regelmäßige monatliche Zusammenkunft (vgl. Kapitel „Liturgische Abende – kleine Oasen in der Wüste"). Die vorliegenden Materialien stammen größtenteils von „Liturgischen Abenden", einige sind Gottesdienste zum „Internationalen Tag der Frau" oder eines thematischen Dekadetages.

Die Ideen und Texte sind in einem Vorbereitungskreis von etwa zehn Frauen entstanden – Laiinnen und Theologinnen, Frauen unterschiedlichen Alters, verschiedener Berufe. Für die Vorbereitung eines Gottesdienstes trafen sich aus diesem Kreis jeweils drei bis vier Frauen – jedes Mal neu zusammengesetzt und bunt gemischt. Gerade diese offene und flexible Form der Vorbereitung hat erstaunliche Früchte getragen.

Die Veröffentlichung des Materials soll Frauen anderer Kirchen und Gemeinden Anregung zu eigenen Gottesdiensten und liturgischen Feiern, zum Ausdruck ihres Glaubens geben. Sie soll vor allem aber Mut machen, Gedanken und Talente nicht länger im Verborgenen zu behalten, sondern selbständig zu gestalten, in eigenen Worten und Handlungen auszudrücken, was lebendig macht und am Leben erhält. Dies halten wir für umso notwendiger, als inmitten von unzähliger Literatur und Vorbereitungsmaterialien für gottesdienstliches Leben noch immer viel zu wenig frauenspezifische und auf Partizipation angelegte Vorlagen und Entwürfe einer breiten Öffentlichkeit zugänglich sind.

Braunschweig, im Mai 1998   Barbara Hennig, Sabine Dreßler,
Waltraud Liekefett

„Kirchen in Solidarität mit den Frauen"

Die Ökumenische Dekade 1988–1998 – Ein Rückblick

Ostern 1988 rief der Zentralausschuss des Ökumenischen Rates der Kirchen, dem 307 Mitgliedskirchen in über 70 Ländern angehören, die Ökumenische Dekade „Kirchen in Solidarität mit den Frauen (1988–1998)" aus. Generalsekretär Emilio Castro lud in einem Brief an die Mitgliedskirchen dazu ein, sich an dieser Dekade zu beteiligen, … „Praktische Solidarität mit den Frauen zu üben und ihre Arbeit in Kirche und Gesellschaft anzuerkennen, wie auch ihre Fähigkeiten, die Vision einer neuen Zeit in Jesus Christus der Verwirklichung näher zu bringen." (aus: „Zum Weitergeben", Arbeitshilfe der Ev. Frauenhilfe, Juli 1989)

Ziel der Dekade ist es, die Schritte zu einer erneuerten Gemeinschaft von Frauen und Männern in Kirche und Gesellschaft voranzutreiben. Dazu gehört es:

- Frauen zu befähigen, unterdrückende Strukturen in der Gesellschaft weltweit, in ihrem Land und in ihrer Kirche in Frage zu stellen;
- den maßgeblichen Beitrag von Frauen in der Kirche und Gesellschaft anzuerkennen, sowohl durch gleiche Mitverantwortung und Entscheidungsgewalt als auch durch Gestaltung der Theologie und des geistlichen Lebens;
- Perspektiven und Aktionen der Frauen in der Arbeit und im Kampf für Gerechtigkeit, Frieden und Bewahrung der Schöpfung zu verdeutlichen;
- die Kirchen zu bewegen, sich selbst von Rassismus, Sexismus und Klassenstrukturen sowie von Lehren und Praktiken, die Frauen diskriminieren, zu befreien und schließlich
- die Kirchen zu ermutigen, Aktionen in Solidarität mit Frauen zu unternehmen.

Die Resonanz der Kirchen vor allem in den Industriestaaten war gering. In einer epd-Meldung im Mai 1992 schreibt die Leiterin des Referates für Frauen in Kirche und Gesellschaft, Dr. Aruna Gnanadason, sie sei „enttäuscht über den bisherigen Verlauf der 1988 vom OeRK ausgerufenen Dekade". Nur einige Kirchen hätten die Dekade unterstützt, allgemein herrsche „Dekadenmüdigkeit". Es sei vielmehr eine „Dekade von Frauen für Frauen". Die Kirchen meinten, bereits genug getan zu haben, weil es Frauen in Führungspositionen gäbe und Frauen zu Pfarrerinnen ordiniert würden.

Zu Beginn des Jahres 1992 bildete sich innerhalb der Evangelisch-Lutherischen Landeskirche in Braunschweig ein Dekadearbeitskreis – Frauen verschiedenen Alters, verschiedener Berufe, haupt- und ehrenamtliche Mitarbeiterinnen in der Kirche. Sie beschlossen, der Dekade eine neue Schubkraft zu geben, nachdem die ehrenamtliche Frauenbeauftragte sich sehr bemüht hatte, den Dekadegedanken an die Basis zu bringen.

Es gab Dekadetage zu unterschiedlichen Themen wie „Gewalt gegen Frauen – Frauen gegen Gewalt", „Frauenarbeit: bezahlt – unbezahlt – unbezahlbar?!", „Lebensformen", „Fremde Schwestern – uns ganz nah". Ein wesentlicher Meilenstein war 1993 die Synode „Gemeinschaft von Frauen und Männern in der Kirche". Frauen aus dem Dekadekreis waren an der Vorbereitung beteiligt und brachten Anregungen für ein „Gemeinschaftsförderungsgesetz", das 1996 in Kraft trat. Dieses ermöglichte ehrenamtlichen Kräften Kostenerstattung für ihre Aktivitäten und fordert auf, Fort- und Weiterbildungsmaßnahmen zur beruflichen Qualifikation von Frauen anzubieten.

Als eine besonders intensive Arbeit entwickelte sich die Gestaltung von Gottesdiensten. Ein Gottesdienst zum Muttertag, zum Internationalen Frauentag am 8. März, Solidaritätsgottesdienst für die vergewaltigten Frauen in Bosnien sind Beispiele für thematische Gottesdienste. Später entstand der Gedanke, regelmäßig Gottesdienste für Frauen anzubieten. Daraus wurden die „Liturgischen Abende", die regelmäßig seit 1994 stattfinden.

Der Versuch, Männer in die Dekadearbeit zu integrieren, scheiterte. Ein gemeinsam angebotenes Seminar zum Thema „Gottesbilder" fiel mangels Masse aus. Danach blieben die Männer fern. Auch in der Evangelisch-Lutherischen Landeskirche blieb die Dekade eine „Dekade von

Frauen für Frauen", wenngleich sie durch finanzielle Mittel seitens der Landeskirche unterstützt wurde. Auch die Einrichtung der Stelle einer hauptamtlichen Frauenbeauftragten mit Sekretariat ist positiv zu bewerten und hat die Kontinuität der Dekadearbeit gesichert.
Es hat sich etwas bewegt, das ist sicher. Frauen bringen sich selbstbewusster in die Gemeindearbeit und die Gremien ein. In vielen Propsteisynoden, in der Kirchenregierung ist der Frauenanteil gestiegen. Hier trägt die unermüdliche Arbeit der Frauenbeauftragten in Zusammenarbeit mit der „Kammer für Frauenfragen" und dem Dekadekreis Früchte. Bis sich allerdings die Gemeinschaft von Frauen und Männern in der Kirche verwirklicht hat, bleibt noch viel zu tun.

Liturgische Abende – „kleine Oasen in der Wüste"

Die schönste Frucht unserer Dekadearbeit sind und bleiben die „Liturgischen Abende". Die große Resonanz signalisierte uns, dass wir hier auf ein Bedürfnis von Frauen gestoßen waren. Viele Frauen fühlen sich in den traditionellen Gottesdiensten nicht mehr wohl. Sie möchten aus der Zuhörerinnenrolle heraus, wünschen sich „ihre Themen" in den Gottesdiensten und sind auf der Suche nach einer neuen Spiritualität.
Spürbar ist die Befreiung und Begeisterung, die sich im Erleben der Abende, in einem lebendigen Miteinander, in Bewegung und Ruhe, in Gespräch und Gesang von Frauen unterschiedlichsten Alters und Hintergrundes Raum verschafft. Dabei ist besonders zu beachten, dass sich zunehmend mehr kirchenferne Frauen an den Gottesdiensten beteiligen und ihre Ausdrucksmöglichkeiten innerhalb der Kirche finden.

Hier einige Stimmen von Frauen, die regelmäßig zu den Liturgischen Abenden kommen:

☐ „Wie sagt es der Kleine Prinz: ‚Die Wüste ist schön, weil Brunnen darin sind.' Mein Lebensweg durch die Kirche, in und mit der Kirche ist ein Wüstenweg: steinig, trocken, mühsam, selten lebensfördernd; das Herz verdorrt. Für mich als feministische, lesbische Theologin kein angenehmer Lebensraum.

Welch ein Glück, dass ich ab und zu Oasen finde mit frischem Quellwasser, Schatten spendenden Bäumen, erquickenden Früchten, stärkenden Düften und Farben und mit Gefährtinnen – Gefährtinnen, die auch leiden an der patriarchalen Kirche, die gleiche Wurzeln haben und eine ganzheitliche Spiritualität leben wollen.
Welch ein Glück: auch in unserer Landeskirche gibt es gelegentlich Oasen. Eine kleine ist in der Bartholomäuskirche beim „Liturgischen Abend" zu finden. Nicht jedes Mal ist es ein vollendeter, weiter, üppiger Paradiesgarten mit meinen Lieblingsblumen, aber – welch ein Glück – eine kleine Oase." *(Mechthild B., 71 Jahre, Pastorin i. R.)*

☐ „Es ist die menschliche Wärme der Gestaltenden, die das Wort erlebbar machen und auch Trost im Hier und Jetzt: die meditative Musik, die gefangen nimmt, die Möglichkeit der Reflexion mit einer Zeit des Gesprächs, eine immer wieder zauberhaft gestaltete Mitte, die das Thema einschließt und ein meditatives Tanzen, das alles ganz innen umschließt. Da ist die Autofahrt von 40 Minuten zur Bartholomäuskirche der richtige Weg in die richtige Richtung." *(Ursula K., 65 J., Hausfrau)*

☐ „Als ich hörte, dass der „Liturgische Abend" ausfallen musste, war ich traurig, denn für mich ist dieses monatliche Zusammensein mit Frauen aus der näheren und weiteren Umgebung von Braunschweig etwas ganz Besonderes. Mehr durch Zufall kam ich in diesen Kreis, neugierig und unvoreingenommen.
Schon der erste Abend begeisterte mich. Es war eine ganz neue Erfahrung für mich. Da wurde ich nicht wie sonst in einem traditionellen Gottesdienst in Predigt, Liturgie und Gebet „eingehüllt" – nein, ich konnte mitmachen. Da redete nicht eine Person, nein, mehrere Frauen brachten uns das Thema nahe. Ganz besonders wichtig ist für mich, dass ich meine eigenen Gedanken zum Ausdruck bringen kann, dass Bibeltexte in Gesprächsrunden erarbeitet werden. Auch die Lieder und meditativen Tänze gefallen mir sehr. Ich wusste gar nicht, wie viele Frauengestalten in der Bibel eine wichtige Rolle spielen. Durch die Abende habe ich viel dazugelernt, und ich freue mich auf das Ende der Sommerpause." *(Karin S., 50 Jahre, Hausfrau)*

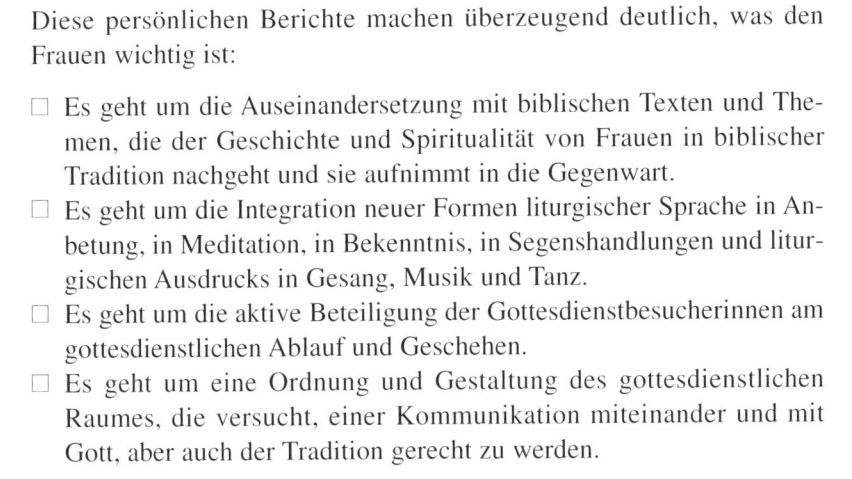

Diese persönlichen Berichte machen überzeugend deutlich, was den Frauen wichtig ist:

- Es geht um die Auseinandersetzung mit biblischen Texten und Themen, die der Geschichte und Spiritualität von Frauen in biblischer Tradition nachgeht und sie aufnimmt in die Gegenwart.
- Es geht um die Integration neuer Formen liturgischer Sprache in Anbetung, in Meditation, in Bekenntnis, in Segenshandlungen und liturgischen Ausdrucks in Gesang, Musik und Tanz.
- Es geht um die aktive Beteiligung der Gottesdienstbesucherinnen am gottesdienstlichen Ablauf und Geschehen.
- Es geht um eine Ordnung und Gestaltung des gottesdienstlichen Raumes, die versucht, einer Kommunikation miteinander und mit Gott, aber auch der Tradition gerecht zu werden.

Aktive Beteiligung gilt schon für die Vorbereitung der „Liturgischen Abende". So existiert kein festgelegter Vorbereitungskreis. Jeder Abend wird von einer immer verschieden zusammengesetzten Gruppe geplant und gestaltet. Insgesamt sind es etwa zehn Frauen, die bereit sind, mitzuarbeiten. Immer wieder fragen Frauen, die den Gottesdienst erlebt haben, ob sie auch mal dabei sein können. Die offene und flexible Zusammenarbeit von Laiinnen und Theologinnen trägt erstaunliche Früchte.

Methodische Hinweise

Die Gottesdienstentwürfe dieses Buches können als Ganzes übernommen werden, bieten aber dennoch genügend Raum zur eigenen Gestaltung. Ebenso ist es möglich, einzelne Texte, Gebete, Segensformulierungen als „Baustein" für einen eigenen Gottesdienst zu übernehmen.
Dennoch sollte eine jeweils eigene Auseinandersetzung der Vorbereitungsgruppe mit dem jeweilgen biblischen Text erfolgen, um sich den Text „zu eigen" zu machen. Immer wieder mag es Texte geben, die „nicht passen". Die Frauen sollten sich Mut machen, ihre eigenen Gedanken und Talente nicht im Verborgenen zu behalten, sondern selb-

ständig mitzugestalten. In diesem Sinne kann vorliegendes Material eine gute Hilfe sein.

Die Auswahl des kirchlichen Gebäudes spielt eine wichtige Rolle. Die Bartholomäuskirche der reformierten Gemeinde in Braunschweig eignet sich dafür hervorragend: ein schlichter Raum mit Holzfußboden (wichtig beim Tanzen!), flexibler Bestuhlung und unterschiedlichen Beleuchtungsmöglichkeiten – mitten in der Innenstadt gelegen. So sollten sich die Frauen Zeit nehmen, verschiedene Räume auszuprobieren, um „*ihren*" Gottesdienstraum zu finden. – Der Stuhlkreis hat sich als die beste Möglichkeit für diese Art von Gottesdiensten erwiesen. Alle sehen einander, können zusammenrücken, wenn Gesprächsphasen sind. Bei Aktionen und Tänzen ist die Mitte schnell erreichbar, es findet keine „Vorführung" statt, sondern ein wirkliches Miteinander.

Wichtig ist auch die je nach Thema liebevoll gestaltete Mitte. Hier lohnt es sich, Zeit zu investieren. Ein weißer großer Fallschirm war unser Basistuch, darauf wurden unterschiedliche Gegenstände dekorativ platziert. Kerzen und Blumen, Gefäße mit Wasser, Körbe mit Brot und Früchten usw. – der Fantasie und Kreativität sind keine Grenzen gesetzt, eine Mitte anziehend zu gestalten.

Die Frauen brauchen genügend Zeit, erst mal „anzukommen". Viele haben einen längeren Weg und anstrengenden Alltag hinter sich, den Kopf noch gefüllt mit Gedanken. Meditative Musik – leise – im Hintergrund entspannt, aber auch einfach Stille, Sitzen, entspanntes Warten. Zum Ankommen gehört auch die Begrüßung vor dem „offiziellen Beginn". Wie gut tut es, wieder (an)erkannt zu werden: „Schön, dass Sie wieder da sind!" Vor allem für die Neuen, die neugierig, aber vielleicht auch unsicher sind, ist eine Begrüßung per Handschlag einladend.

Nach dem Gottesdienst geht es nicht gleich auseinander. Tee und Kekse stehen bereit, mitunter wird auch noch die „Mitte" geteilt: Brot und Früchte, Blumen. Da kann jede Frau etwas „Stärkung" für den Heimweg mitnehmen. Für die Vorbereitungsfrauen ist dies auch eine gute Möglichkeit, um Rückmeldung zu bekommen: das hat mir gefallen, das hat mir gefehlt. Ein nettes Dankeschön an die Küsterin, die den Raum geheizt, Tee gekocht und extra gekommen ist, sollte auch nicht fehlen.

Ein guter Tip für die Vorbereitung des Raumes ist immer die Frage: „Wie würde ich mich wohl fühlen?"

1. Zur Freiheit berufen

1.1 „Wenn der Herr die Gefangenen Zions erlöst, werden wir sein wie die Träumenden"

(Psalm 126)

Dekoration: Dickes Tau zwischen Tannengrün und einzelnen Kerzen

Meditative Einstimmung (Leitmotiv):
mit Querflöte, Flöte oder anderem Instrument

Begrüßung
Der Segen Gottes, der Segen des Sohnes, von Maria geboren,
sei mit uns allen,
Gottes Geist, Ruach,
belebe und erneuere uns
an diesem Liturgischen Abend.

Ein herzliches Willkommen allen,
die sich auf den Weg gemacht haben,
heraus aus einem vielleicht anstrengenden Alltag.
Nun sind Sie, nun bist Du hier, – herzlich willkommen.

Das Psalmenbuch ist ein Lebensbuch.
Psalmen reden von den alltäglichen Nöten und Freuden
des einzelnen und des Volkes,
sie reden von Gottesnähe und Gottesferne,
von Zweifel und Trost,
von Scheitern und Rettung,
von Krieg und Frieden,
von Lachen und Weinen,
von Angst und Zuversicht.
Die Psalmen – ein Lebensbuch.

Textbegegnung / Teil I

Lesung
Psalm 126 wird gelesen. Dabei legt eine Frau die auf einzelne Blätter geschriebenen Verse des Psalmes auf den Boden.

Musikalisches Leitmotiv

Assoziationen
Ich lese den Psalm ein zweites Mal – Ich möchte Sie / euch bitten, Gedanken und Gefühle zu nennen, die Ihnen / euch beim Hören einfallen.
Auf DIN-A4-Zettel schreibt eine Frau die genannten Assoziationen auf und legt sie an die passende Stelle. Der Psalm wird anschließend mit den Assoziationen ein drittes Mal gelesen.

Lied: Stellst unsere Füße, Gott, auf weiten Raum
(aus: Du, Eva, komm, sing dein Lied)

Textbegegnung / Teil II

Wenn der Herr die Gefangenen Zions erlösen wird,
so werden wir sein wie die Träumenden. *(zweimal lesen)*

Frauen äußern ihre „Übersetzungen" dazu, z. B.:
Für mich heißt das:
Wenn Gott mich von meinen Fesseln befreit, dann spüre ich mich selbst.

Wenn ich mich von dem frei mache, was mich bedrängt und einengt, so kann ich endlich leben.

Ketten sprengen – mich frei bewegen – erlöst sein – meinen Visionen Raum geben …

Wenn Gott mich aus meinem Gefangensein in mir selbst befreit, so wird wie bei den Träumenden Unmögliches möglich gemacht.

Musikalisches Leitmotiv

Provokation: Nur wer sich bewegt, spürt seine Fesseln.
(zweimal sprechen)
Nur wer sich bewegt, spürt seine Fesseln. Setzt euch mit diesem Satz in Bewegung. Was bewegt dieser Satz in euch? Spürt euren eigenen Fesseln nach, dem, was euch gefangen hält.

Symbolische Handlung
Wir wollen nun unsere Fesseln symbolisch ablegen. Dazu möchte ich Sie bitten, auf einen kleinen Zettel aufzuschreiben, was Sie gefangen hält, wo Ihre Fesseln sind.
(Frauen schreiben ihre Gedanken auf bereitgelegte Zettel. Jede Frau erhält ein Teelicht.)
Legt Eure Fesseln ab. Das Tau in der Mitte ist stark. Es trägt die Last Ihrer Fesseln. Neben den Zettel mit Ihre Fessel stellen Sie eine Kerze, die Ihre Hoffnung ausdrückt. Wenn Sie möchten, drücken Sie Ihre Gedanken laut aus.
(Die Frauen legen ihre Zettel auf dem Tau ab und entzünden eine Hoffnungskerze an der Kerze in der Mitte. Sie äußern ihre Gedanken, wenn sie möchten.)

Lied: Fürchte dich nicht, gefangen in deiner Angst (in: EG Nr. 595)

Tanz: Al Achat (siehe Kapitel „Tanzbeschreibungen", Seite 122)

Textbegegnung / Teil III

Wenn der Herr die Gefangenen Zions erlösen wird,
so werden wir sein wie die Träumenden. *(zweimal lesen)*

„Ich habe einen Traum", ist die wohl berühmteste Rede von Martin Luther King, die er am 28. August 1963 im Rahmen des „Marsches auf Washington" vor mehreren hunderttausend Zuhörern hielt.

„Ich habe einen Traum, einen Glauben, eine Hoffnung,
eine große Vision.
Ich habe einen Traum …
Ich träumte davon, dass eines Tages jedes Tal erhöht
und jeder Hügel erniedrigt wird.
Ich träumte davon, dass eines Tages die Wüste der Ungerechtigkeit
zu einem Land der Freiheit wird.
Ich habe einen Traum …
Ich träume, dass sich eines Tages Lamm und Löwe miteinander
niederlegen und jeder unter seinem Baum wohnen wird ohne Scheu.
Ich träume davon, dass eines Tages das Recht fließen wird
wie Wasser und die Gerechtigkeit wie ein starker Strom.
Ich habe einen Traum …
Ich träume davon, dass eines Tages Geschwisterlichkeit
mehr ist als ein paar Worte am Ende eines Gebetes.
Ich habe einen Traum.
Ich träume davon, dass eines Tages Menschen die Macht haben,
die Gerechtigkeit und Gnade üben und demütig sind vor ihrem Gott.
Ich träume davon, dass eines Tages der Krieg ein Ende hat
und die Spieße zu Sicheln gemacht werden.
Ich habe einen Traum …
Ich träume davon, dass eines Tages kein Mensch mehr hungern muss,
sondern alle leeren Mägen gefüllt werden.
Ich träume davon, dass eines Tages wir Menschen in einer Welt sind,
wo nicht die Hautfarbe, sondern die Wahrhaftigkeit des Lebens zählt.
Ich habe einen Traum …
Dieser Glaube macht uns fähig zu beten, zu kämpfen, zu schaffen,
zu leiden, zu weinen, zu singen.
Dieser Glaube macht uns fähig, die Missklänge unserer Zeit
in eine große Symphonie zu verwandeln.
Dieser Glaube macht uns fähig, aus dem Berg der Verzweiflung
Steine der Hoffnung zu schlagen.
Denn eines Tages sind wir frei. – Free at last! Free at last!"

Lied: Wenn eine alleine träumt … (in: Wenn Himmel und Erde sich
berühren) oder „Halte deine Träume fest, lerne sie zu leben …"
(in: Menschenskinderlieder)

Gebet
GUTER GOTT – Träume und Visionen sind etwas sehr Wichtiges
in unserem Leben. Sie sind wie Samenkörner,
die einen guten Nährboden brauchen,
damit sie Frucht tragen und geerntet werden können.

GUTER GOTT – wir brauchen immer wieder Menschen, die Träume und
Visionen haben, wie Martin Luther King und seine Frau Coretta.
Schenk uns Mut, auch unsere Träume wahrzunehmen und
ihnen Bedeutung zu schenken.
Wir wollen uns nicht mit dem Gegebenen abfinden:
mit Strukturen, die einengen, mit Gewalt, die unterdrückt,
mit Perspektivlosigkeit, die Angst macht, mit Hass, der spaltet,
mit Gleichgültigkeit, die das Leben missachtet.

GUTER GOTT, schenk uns Träume, schenk uns ein waches Bewusstsein
für das, was um uns geschieht,
schenk uns Träume für die Zukunft und die Gegenwart,
schenk uns Träume für die Alten und die Jungenträume in mir,
MEIN GOTT, dass ich dich wachsen lasse,
dass ich mit Dir ohne Furcht die Fesseln sprenge,
die mich und andere einengen. Amen

Tanz: Lichtertanz als Segen (siehe: „Tanzbeschreibungen", Seite 129)

1.2 Hanna (1. Samuel 1-2)

Dekoration: Krüge, Teelichter, Samen in Schalen, aufgegangene Samen in Schalen

Meditative Musik zur Einstimmung

Begrüßung
Die Tür ist offen, ich werde erwartet. Ich trete ein …, das ist: Ankommen, sich umschauen, sich vertraut machen mit der Umgebung und den Menschen hier.

Gesichter, junge, alte, offene, müde, neugierige, beschäftigte, unsichere ...
Gesichter um mich herum sehen mich an, nehmen mich war.
Gut, dass ich gekommen bin, auch wenn mein Tag voll war mit Terminen, anstrengend ...
Gut, dass ich gekommen bin, auch wenn mein Tag nicht gut war.
Begrüßen, die alten Bekannten und die, die ich noch nie gesehen habe.
Spüren, dass Menschen sich freuen, dass ich da bin.
Den Platz suchen, in Erwartung dessen, was kommt; langsam hinter mir lassen, was meinen Nachmittag, die letzten Stunden bestimmt hat.
Hier sein, ruhig sein.
Gut, dass ich da bin, mit den Menschen neben mir und um mich herum.
Gut, dass du, Gott, uns zusammenbringst.
Herzlich willkommen zu unserem Liturgischen Abend!

Eingangsgebet – *Die beschriebenen Bewegungen können das Gebet unterstützend begleiten.*
Ohne deinen Geist, Gott, bleiben wir,
wie wir sind und wo wir sind.
Mit überkreuzten Armen und gesenktem Kopf stehend

Was wir selbst mitbringen, ist viel zu wenig.
Die Hände in geöffnete Haltung bringen, Handflächen nach oben zeigend

Was du aus uns machen kannst, ist mehr als genug.
Die Handflächen langsam in die Höhe führen, aufblickend

Darum rufe du uns, sende uns, erfülle und bewege uns,
Die rechte und linke Handfläche nach außen führend, nach rechts und links blickend

damit wir dir folgen auf deinem Weg zu den Menschen überall.
Die Handflächen wieder zur Mitte zusammenführend, nach oben heben, aufblickend

(Text: Ulrich Fick, Bewegungen: Else Natalie Warns, 1997 für Bibelarbeit des LWB in Hongkong)

Meditative Musik

Textauslegung I

Sprecherin 1: Die Geschichte von Hanna spielt an der Schwelle des Übergangs von der Zeit der Richter zum Königtum Israel. Von der Richterzeit heißt es: „Zu der Zeit war kein König in Israel, jeder tat, was ihn recht dünkte" (Richter 21, 25). Eine schwierige, politische Zeit war dies also, eine Zeit des Umbruchs voller Wirren und Rechtsunsicherheit. Die Starken beugten das Recht der Schwachen, und die Armen und Unterdrückten ersehnten einen Befreier.

Es war ein Mann aus Ephraim, der Elkana hieß und zwei Frauen mit Namen Hanna und Peninna hatte. Peninna hatte Kinder, aber Hanna hatte keine Kinder. Jedes Jahr ging Elkana hinauf zum Tempel in Silo, um zu beten und zu opfern. Als nun der Tag kam, dass Elkana opferte, gab er seiner Frau Peninna und all ihren Söhnen und Töchtern Stücke des Opferfleisches. Aber Hanna gab er einen doppelten Anteil, denn er hatte Hanna lieb, obgleich Gott ihren Leib verschlossen hatte. Und Peninna, ihre Widersacherin, kränkte und reizte sie sehr, weil Gott deren Leib verschlossen hatte. So ging es alle Jahre, wenn sie hinaufzogen zum Hause Gottes, kränkte jene Hanna. Dann weinte Hanna und aß nichts.

Hanna: Kinderlos bin ich. Gott hat meinen Leib verschlossen. Mein Leben hat keine Zukunft. Was gibt es Schlimmeres, als kinderlos zu sein? Nichts bin ich wert. Fruchtlos bin ich – wie eine verdörrte Blüte.

Sprecherin 2: Hanna, keine Kinder zu bekommen, ist sicherlich das bitterste Los für eine Frau deiner Zeit. Wie wertlos, wie gedemütigt musst du dir vorkommen. Du weinst bitterlich. Du zeigst deine Tränen und schämst dich ihrer nicht. Du verdrängst nicht dein Leid, wie es vielleicht schicklich wäre. Du zeigst dich und deine Verletzungen. Ich finde dich mutig, Hanna.

Sprecherin 1: Elkana aber, ihr Mann, sprach zu ihr: „Hanna, warum weinst du, und warum issest du nichts? Und warum ist dein Herz so traurig? Bin ich dir nicht mehr wert als zehn Söhne?"

Hanna: „Ach, Elkana, mein guter Mann. Ich weiß, du meinst es gut mit mir und willst mich trösten. Du hast mich lieb – so wie auch ich dich liebe. Und doch verstehst du nicht, wie schwer es mir ums Herz ist. Du willst mich trösten: Bleib doch wie du bist. Genügt es dir nicht, dass ich

dich liebe? Bin ich dir nicht mehr wert als zehn Söhne? Ach, Elkana, weißt du, was es für eine Frau bedeutet, keine Kinder zu bekommen? Wertlos bin ich, unfruchtbar, kein Leben kann ich zur Welt bringen, verdörrt und vertrocknet fühle ich mich – wie eine Wurzel ohne Wasser, ohne Nahrung. Elkana, ich wünschte, du würdest verstehen, wie ich fühle!"
Sprecherin 2: „Ja, Hanna, jetzt kann ich nachempfinden, wie es dir geht. Dein Mann ist verständnisvoll und teilnahmsvoll, und dennoch fühlt er anders als eine Frau. Auch heute ist es für ein Frau schmerzlich, wenn sie keine Kinder bekommen kann. Oft fühlen sich Frauen in anderer Weise unfruchtbar, sind mutlos und resigniert. Wir können dahinwelken, auch wenn unser Leben nach außen voll und reich erscheint. Wenn wir Gott nicht spüren können in uns, in unserer schöpferischen Kraft, in unserer Phantasie und Lebendigkeit, sterben wir an der Dürre unserer Erfolge, am Reichtum toten Geldes.

Symbolische Bewegung
Wir wollen uns Zeit nehmen, um uns unsere schöpferische Kraft, unsere Fruchtbarkeit wieder bewusst zu machen. Wir wollen ihr in Gebärde und Bewegung nachspüren.
(Beschreibung der Gebärden aus einem Tanzseminar mit Nanni Klocke „Wachsen und Werden" im Kapitel „Tanzbeschreibung", Seite 131)

Austausch: Was macht mein Leben fruchtbar?
Hier können in Dialogform Zweiergespräche entwickelt werden.

Symbolische Bewegung: *Wiederholung der Gebärden „Wachsen und Werden".*

Textauslegung II

Sprecherin 2: Da stand Hanna auf, nachdem sie in Silo gegessen und getrunken hatte. Eli aber, der Priester, saß auf einem Stuhl am Türpfosten des Tempels des Herrn. Und sie war von Herzen betrübt und betete zum Herrn und weinte sehr und legte ein Gelübde ab und sprach:
Hanna: Herr Zebaoth, wirst du das Elend deiner Magd ansehen und an mich denken und deiner Magd nicht vergessen und wirst deiner Magd

einen Sohn geben, so will ich ihn dem Herrn geben sein Leben lang, und es soll kein Schermesser auf sein Haupt kommen.

Sprecherin 2: Das hätte ich nicht erwartet, Hanna! Du lässt dich nicht vertrösten und gibst dich nicht allein mit der Liebe deines Mannes zufrieden. Du machst dich auf den Weg, um für deine Würde zu kämpfen. Dein Leid klagst du Gott, betest und weinst und legst vor Gott all deinen Kummer. Du forderst von Gott deine Lebendigkeit.

Meditative Musik

Impuls: Hanna versinkt nicht in Trauer und Selbstmitleid. Leidenschaftlich kämpft sie für sich und ihre Lebendigkeit. Vielleicht kennen Sie das auch – in aller Resignation und Verzweifelung zu spüren: Jetzt muss es anders werden, jetzt kämpfe ich für mich!

Stille

Meditative Musik

Textbegegnung III

Sprecherin 1: Hören wir, wie die Geschichte zu Ende geht. – Hanna betet im Tempel. Ihre Lippen bewegen sich, aber ihre Stimme hört man nicht. Der Priester Eli spricht sie an und meint, sie sei betrunken. Und wieder steht Hanna für sich ein und verteidigt sich energisch. Eli prophezeit ihr, dass ihre Bitte erfüllt werden wird. Und wirklich, sie wird schwanger und nennt ihren Sohn „Samuel", das heißt: ich habe ihn von dem Herrn erbeten. Sie stillt ihren Sohn, bis er entwöhnt ist. Dann hält sie ihr Versprechen und bringt Samuel in den Tempel.
Erinnern wir uns an den Anfang der Geschichte. Die Starken beugten das Recht der Schwachen, und die Armen und Unterdrückten ersehnten einen Befreier. Dieser Befreier wird Hannas Sohn Samuel werden, „der von Gott Erbetene". Er ist der letzte große Richter in Israel, der am Lebensende den Übergang vollzieht und Saul als ersten König Israels salbt.

Lied: Du sammelst meine Tränen (in: Du, Eva, komm, sing dein Lied)

Textbegegnung IV

Sprecherin 2: Hannas Erfahrungen kleidet die Bibel in einen Lobgesang:
Mein Herz ist fröhlich in dem Herrn,
mein Haupt ist erhöht in dem Herrn.
Mein Mund hat sich weit aufgetan wider meine Feinde;
denn ich freue mich meines Heils.

Gott tötet und macht lebendig,
führt hinab zu den Toten und wieder hinauf.
Gott macht arm und macht reich,
er erniedrigt und erhöht.
Er hebt den Dürftigen aus dem Staub,
und erhöht die Armen aus der Asche,
dass er sie setze unter die Fürsten
und den Thron der Ehre erben lasse.
Denn der Welten Grundfesten sind Gottes,
und er hat die Erde draufgesetzt.

Tanz: „In dir" von Nanni Klocke (siehe Kapitel „Tanzbeschreibung", Seite 128)

Gebet
GUTER GOTT, Schöpfungskraft, Lebensgeist,
Hanna hört nicht auf, für sich zu hoffen,
weil sie deiner Schöpfungskraft vertraute,
weil sie das Unmögliche für möglich hielt,
weil sie ihr Leben als Unfruchtbare nicht länger weiterführen wollte,
weil sie Mut hatte zum Alleingang mit dir, ohne das Amen der Kirche.
Hannas Lebenshoffnung erfüllte sich.

GUTER GOTT, Geist des Lebens, Quelle der Hoffnung,
lass uns nicht in hoffnungslosen Lagen verharren,
sondern lass uns wie Hanna auf den Weg machen,
damit unsere Lebensfrüchte nicht vertrocknen,
sondern wachsen und reifen.
Amen.

Lied: Alles muss klein beginnen (in: Menschenskinderlieder)
(Während des Liedes werden Samenkörner an die Frauen verteilt, die die Frauen einpflanzen können.)

Abschluss-Segen
Gott, Quelle der Hoffnung,
Lebensspender/in und Geist des Lebens,
wir dürsten nach deinem Segen.
Begleite und bewahre uns
in Tagen der Trostlosigkeit.
Erfülle uns mit Lebenskraft,
dass wir unsere Früchte an andere weitergeben können.

1.3 Hagar und Sara *(1. Mose 16)*

Dekoration: Dornen, Kakteen, Schale mit Wasser, Kerzen

Meditative Musik

Votum
Wir kommen zusammen im Namen Gottes,
der Quelle unseres Lebens.
Aus dieser Quelle schöpfen wir,
sie gibt uns Kraft und Nahrung,
sie hält unseren Leib und unsere Seele lebendig.
Amen.   *(nach Hanne Köhler, Du Gott, Freundin der Menschen)*

Begrüßung

Eingangsgebet
Wir beten:
Gott, in diesem Kreis an diesem Abend
sind viele unterschiedliche Frauen und Männer zusammen.

Wer immer wir auch sind und was immer wir mitbringen;
um dies bitten wir dich gemeinsam:
Lass uns erfahren, dass du unsere Stimme hörst
in unserer Fröhlichkeit und unserer Ängstlichkeit,
in unserer Klage und unserem Lachen.
Lass uns sicher sein, dass du unsere Wege kennst:
woher wir kommen und wohin wir gehen.
Lass uns spüren, dass du nach uns schaust
und uns nachgehst und uns ansiehst.
Schenk uns neues Leben in der Begegnung mit dir.
Amen.

Lied: Komm, heilger Geist
(Text: mündlich überliefert; Musik: aus Israel, in: Gott gib uns Atem)

Lesung: Der Text 1. Mose 16 wird gelesen.

Meditative Musik: *Musikalisches Leitmotiv, z. B. mit Querflöte gespielt*

Lesetext
Sprecherin:
Liebe Schwestern, liebe Brüder! – Diese alte Erzählung reicht in ferne Zeiten zurück. Weit muss ich zurückblättern, um sie in der Bibel zu finden. Und es menschelt sehr in dieser alten Geschichte. So fremd sie uns ist, so nah ist sie uns auch. Sie malt das Leben nicht in rosaroten Farben. Wir finden dort das Leben mit all seinem Schmerz, seiner Bitterkeit, seinen Verwundungen, mit all seinen Zerreißproben, seinen Tränen, seiner hilflosen Wut. Und Konflikte dieser Art gehören, wie wir allzu gut wissen, zum Menschsein dazu.
Aber mittendrin findet sich der erste Mensch, den ein göttlicher Bote aufsuchte. Und dieser erste Mensch, das war eine Frau, eine Schwangere, ausgenutzt an Leib und Seele, ohne rechtlichen Schutz, eine Fremde, eine Ausländerin, eine Abhängige, eine auf der Schattenseite des Lebens, da wo selten die Sonne scheint. Es ist nicht weiter viel von ihr die Rede. Nur für einen Augenblick tritt sie hervor, dann verliert sich ihre Gestalt wieder.

Die Geschichte selbst ist in wenigen Zügen erzählt.
Mit Kinderlosigkeit fängt sie an. Und am Schluss wird zwar ein Kind geboren, aber von einer anderen Frau. Und daraus erwächst der Konflikt. Es ist sozusagen eine klassische Dreiecksgeschichte. Aber hören wir zunächst einmal die drei Beteiligten selbst:

Meditative Musik (Leitmotiv)

Sprecher 1 – Abraham: Ich bin Abraham. Soll ich etwas über mein Leben erzählen, so stehe ich eigentlich mit leeren Händen da, wenigstens, was große Leistungen und Werke betrifft, die man sonst in den Lebenslauf schreibt. Was ich vielleicht von mir sagen kann ist, dass ich im Laufe meines Lebens immer wieder habe hergeben müssen: meine Heimat, meinen Lebenskreis, mir vertraute Menschen, die mir lieb waren, und auch beinahe meinen kleinen Jungen. Das war das Schlimmste. Aber das Besondere an mir: Ich habe einen Ruf gehört, und ich habe versucht, diesem Ruf in meinem Leben zu folgen. Aber glaubt ja nicht, das sei so leicht!
Man hat mich später den „Vater des Glaubens" genannt. Aber wie oft war ich nicht stark im Glauben! Wie oft habe ich Gott zu wenig zugetraut und habe vor anderen Mächten unseres Lebens die Knie gebeugt. Und deshalb war ich nicht immer für andere Menschen ein Segen. Wie sollte ich jeweils den Ruf, die Verheißung, in mein verzwicktes Leben hineinnehmen? Damals jedenfalls, als die Sache mit Hagar geschah, habe ich meinem Namen wirklich keine Ehre gemacht. Dabei war es nicht einmal die erste Prüfung in meinem Leben. Denkt daran, wie ich damals meine Sara dem Pharao gab, nur aus Angst vor der Macht, und wie Gott mich dann beschämte. Es war auch nicht die letzte Prüfung in meinem Leben. Denkt an meinen kleinen Jungen, wie ich ihn fast verloren hätte. Und auch sonst waren da immer wieder Hindernisse, die meinen Glauben anfochten. Stellt euch vor: Die rabbinischen Gelehrten zählen 10 Prüfungen in meinem Leben. Ja, so lange dauerte es, bis man sagen konnte: „Nun weiß ich, Abraham, dass du Gott fürchtest!" Das war ein langer, steiniger Weg.
Zwischen den beiden Frauen damals spielte ich nun wirklich keine rühmliche Rolle. Aber was hätte ich denn machen sollen? Was blieb mir denn anderes übrig? Vielleicht hätte ich mehr Mut gehabt, irgendwo mit

einer Kriegerschar mit dem Schwert zu kämpfen. Aber hier den Konflikten des Lebens recht zu begegnen, damals fehlte mir dazu der Mut. Damals war ich überzeugt, dass der keine Verantwortung trägt, der nichts tut und andere machen lässt. So jedenfalls habe ich Sara machen lassen. Jedenfalls wurde die häusliche Misere, der Streit der beiden Frauen, unerträglich. Da war es besser, dass Hagar ging, so gerne ich sie mochte.

Meditative Musik (Leitmotiv)

Sprecherin Sara: Ich bin Sara. O, erinnert mich bitte nicht! Das war ein dunkles Kapitel in meinem Leben! An diese Zeit denke ich nur ungern zurück. Wie habe ich damals auf ein Kind gewartet. Ich wollte so gerne ein Kind, wollte gerne Leben hervorbringen. Ihr versteht das vielleicht nicht – diesen Willen zum Kind. Ihr könnt euch gar nicht vorstellen, was für mich davon abhing, was das für mich bedeutete – ein Kind. Ich konnte mich doch nirgends mehr sehen lassen. Und dann merkte ich Tag für Tag, wie ich älter wurde, wie das Leben vorüberging, wie die Schönheit nachließ. Wo blieb denn die Erfüllung, das, was ich mir für mein Leben versprochen hatte? Wie sollte sich denn noch die Verheißung für mein Leben bewahrheiten? Das Bittere, das Kalte, das Harte, das Enttäuschte wuchs. So habe ich gedacht: Manchmal, da muss man dem lieben Gott etwas nachhelfen.
So beauftragte ich schließlich Hagar, für mich das Kind zu empfangen und auszutragen. Bei euch heißt das wohl „Leihmutter", oder? Aber mit diesem ersten Schritt auf dem von mir eingeschlagenen Weg wuchsen die Wirrnisse. Mein Verstand wählte damals diesen Weg. Aber mein Herz entschied anders. Nennt es nur Eifersucht! Ich bin es nicht gewohnt, meinen Mann zu teilen. Und prahlte nicht Hagar so herausfordernd mit ihrem dicken Bauch? Mit ihrem Mutterglück, das mir versagt war? Und angeschaut hat sie mich, so als wäre ich ihre Dienstmagd. So machte ich ihr das Leben schwer, bis sie ging.
Da sind so manche Meilensteine in meinem Leben:
Später habe ich über die Boten Gottes, die mein Kind ankündigten, nur gelacht. Ich habe es nicht glauben können. Und da, als ich schon ganz alt war, kam das Kind. Es war zum Lachen. Deshalb nannte ich es Isaak, was übersetzt heißt „Lachen". Später habe ich Hagar mit ihrem kleinen Ismael, mit dem Kind meines Kleinglaubens, in die Wüste geschickt. Ja,

das Leben hat mich von meinem hohen Thron heruntergeholt. Im Nachhinein kann ich jedenfalls sagen: Wie wurde ich in meinem Leben beschämt. Ich habe mit Gottes Möglichkeiten nicht gerechnet. Aber Gott hat immer eine Möglichkeit, selbst wenn wir keine sehen.

Meditative Musik (Leitmotiv)

Sprecherin Hagar: Ich bin Hagar, die „Flüchtende". Das Leben hat mir so manch schwere Last aufgebürdet. Ich bin eine Fremde, eine Ausländerin und stamme aus Ägypten. Ja, ich habe es einfach nicht mehr ausgehalten. Ich war noch jung, und das Leben lag noch vor mir. Und dann immer diese Demütigungen, diese Schikanen. Nein, ich wurde nicht gefragt. Wie ein Gegenstand wurde ich gebraucht und dann weggeworfen. Und dann habe ich mich so gefreut über das Kind, das in mir wuchs. Ich habe auch bemerkt: Abraham hat mich gemocht! Das hat mich selbstbewusster gemacht. Und dann habe ich mich von Sara einfach nicht mehr so behandeln lassen wollen. Und ich bin auf und davon, blindlings, ohne zu überlegen. Als ob es das Haus der Knechtschaft nur in Ägypten gäbe! Flucht war für mich die einzige Möglichkeit. Aber wenn dieser Engel nicht gekommen wäre, wenn er mir nicht gerade zur rechten Zeit über den Weg gelaufen wäre, wenn er mich nicht angesprochen hätte, wenn er sich nicht um mich und mein Leid gekümmert hätte, – ich weiß nicht, was dann aus mir geworden wäre!

Meditative Musik (Leitmotiv)

Austausch: Was berührt mich an der Geschichte der zwei Frauen? Welche dieser drei Menschen steht mir im Augenblick am nächsten? *(Zweiergespräch)*

Lied: „Komm, lass diese Nacht nicht enden."
(Text: H.-J. Netz, Musik: C. Lehmann, in: Gott gibt uns Atem)

Klage
Gott, du siehst uns an,
und wir bringen vor dich, was wir erleben:
die Erinnerung an den eigenen Schmerz,

die Erfahrung des gegenwärtigen Leidens.
Mit diesen Frauen Sara und Hagar
bringen wir vor dich, was uns quält
und das, womit andere, Freund/innen und Fremde, sich quälen:
Das Abgeschriebensein von denen,
auf die wir uns verlassen haben;
das Festgefahrensein in Situationen,
die so unveränderbar erscheinen,
die Hoffnungslosigkeit in der Verstrickung,
die Ohnmacht gegenüber dem, was uns wehtut.

(Wir tun das still für uns selbst, oder laut, damit es alle hören können. Wir können sitzenbleiben oder dazu aufstehen und etwas in die Mitte legen, mit ein paar Worten oder im Schweigen: – Hier ist es wichtig, genügend Zeit zu lassen.

Gott, all dies bringen wir vor dich
und vertrauen darauf, dass du uns hörst und siehst. Amen
    (Anregung durch Heidi Rosenstock, in: Von Schönheit und Schmerz)

Meditative Musik (Leitmotiv)

Sprecherin
Liebe Schwestern, liebe Brüder! – So sind wir Menschen. Schon auf den ersten Seiten der Bibel kriegen wir das ohne Beschönigung gezeigt. Der Stoff dieser Geschichte ist aus vielen dunklen Fäden zusammengewebt:
Aus Saras Eigenmächtigkeit und Kleinglauben, aus Abrahams Feigheit, aus Hagars Hochmut, aus Saras Eifersucht, aus Hagars Kopflosigkeit, die sie in den sicheren Tod laufen lässt.
Und wir sehen: Sobald der Mensch den Weg des Gottvertrauens verlässt und den Weg menschlicher Berechnung betritt, wird er von einer verhängnisvollen Eigengesetzlichkeit fortgerissen.
Und darüber kann kein Zweifel sein: Vorbilder sind sie alle nicht. Aber so sind wir Menschen. Es kommt, wie es kommen muss. Wir sehen, wie sich die Fäden in der Geschichte immer heilloser verschlingen und verknoten. Ganz verworren ist nun die Lage. Und nun nähme alles seinen verhängnisvollen Lauf, würde nicht der Engel kommen, würde nicht der

Engel den Weg kreuzen, würde nicht Barmherzigkeit dazwischentreten und sagen: Halt!

Deshalb, liebe Schwestern und Brüder, handelt diese Geschichte nicht im Entscheidenden vom Menschen, sondern viel eher von dem barmherzigen Gott.

Sie erzählt, wie Gott den Weg durchkreuzt, der sonst in Hoffnungslosigkeit endet. Sie erzählt von Gnade in der Wüste. Sie erzählt, wie Gott in, mit und unter allem eigenmächtigen Tun der Menschen seine Ziele verfolgt. Sie erzählt, dass Grausamkeit und Härte der Menschen zwar da sind, dass aber der barmherzige Gott den Menschen in seiner Not nicht alleine lässt. Wir hören: Draußen in der Wüste, dort, wo der Mensch so ganz auf sich gestellt ist, da begegnet Hagar ihrem Gott. Der Engel sucht Hagar dort auf, wo sie auf der Flucht rastet. Da kreuzt der Engel ihren Lebensweg und fragt sie: „Hagar, wo kommst du her, und wo gehst du hin?" Zum ersten Mal in ihrem Leben spricht jemand mit Hagar und nennt sie mit Namen. Sie wird bis in ihre Tiefen befragt. Sie spürt: Da ist jemand, der/dem geht es um mich. Da ist jemand, der/dem bin ich wichtig. Da ist jemand, die/der nach mir schaut. Da ist ein Ort, wo ausgesprochen werden kann, was sich sonst hinter zusammengebissenen Zähnen verbirgt. „Wo kommst du her, und wo willst du hin?" – was würden Sie persönlich auf diese Frage antworten?

Wie wir hören, sagt der Engel ihr auch harte Worte. Sie muss in ihr Leiden zurück. „Kehre wieder um und demütige dich unter Saras Hand", sagt der Engel. Der Versuch Hagars, auf eigenen Füßen zu stehen, wird jäh abgebrochen. Sie muss zurück in den Schutz der Menschen, um ihr Kind zu kriegen. Aber dann bekommt Hagar auch Mutmachendes mit auf den Weg. Worte, die ihr Mut machen für das schwere Leben, das auf sie wartet. Worte, die ihr Neues ansagen und Hoffnung geben. Jedenfalls verspricht der Engel, der Hagar begegnet, der sie aufsucht in der Wüste ihrer Einsamkeit und Verlassenheit – verspricht ihr nicht die Erfüllung aller Wünsche. Er verspricht ihr kein Leben ohne Leid. Er sagt auch nicht: Ich werde dir alles gelingen lassen. Oft werden wir die Erfüllung unserer Wünsche vermissen und erfahren, dass Gott uns nicht schenkt, worum wir bitten. Aber von der Erfahrung, die Hagar in ihrer Wüste macht, da singen zwei Namen ein Loblied:

„Du bist der Gott, der mich sieht", so nennt Hagar ihren Gott, und Ismael, „Gott hört", so nennt sie ihren Sohn. Mögen auch wir in dieses Gotteslob miteinstimmen, mögen wir die Bot/innen Gottes und die Fingerzeige sehen, die uns darin versichern, dass Gott hört, dass Gott nach uns schaut, und mögen wir auch selber dann und wann für andere ein Engel sein. Amen.

Tanz: Al Achat (siehe Kapitel „Tanzbeschreibungen", Seite 122)

Fürbitte

Gott, du schaust nach uns.
Von dir angesehen zu werden, bedeutet: Ansehen zu bekommen.
Für alle entmutigten Frauen bitten wir um Hoffnung.
Für alle gedemütigten Frauen bitten wir um Würde.
Für alle, die auf der Flucht sind,
vor sich selbst oder vor denen, die sie verfolgen,
bitten wir um Sicherheit und Geborgenheit.
Für alle Verzweifelten bitten wir um Ruhe.
Für alle Zweifelnden bitten wir um Vertrauen.
Für alle Menschen, Erwachsene und Kinder,
mit der ungestillten Sehnsucht nach Leben,
für andere und für sich selbst,
bitten wir um die lebendig machende Kraft aus deiner Quelle.   Amen.

Lied: Bewahre uns Gott … (in: EG Nr. 171)

Segen
Gott, segne und behüte uns.
Gott, schütze unser Leben und bewahre unsere Hoffnung.
Gott, lasse dein Angesicht leuchten über uns,
dass wir leuchten können für andere.
Gott, erhebe dein Angesicht auf uns und halt uns fest
im Vertrauen auf dich. Amen.

Meditative Musik

1.4 „Da nahm Mirjam eine Pauke ..."

„Da nahm Mirjam, die Prophetin, Aarons Schwester, eine Pauke in ihre Hand, und alle Frauen folgten ihr nach mit Pauken im Reigen."
2. Mose 15, 20

Am zweiten Pfingsttag, üblicherweise der „Familiengottesdiensttag" der Gemeinde, gestaltete die Mädchengruppe einer Stadtrandgemeinde Braunschweigs einen Gemeindegottesdienst. Vorausgegangen war eine Themenreihe „Vorbilder" in der Mädchengruppe der Gemeinde. Die biblische Mirjam bekam bei den 12- bis 14jährigen Mädchen viele Sympathien, weil sie ihren Mut bewunderten, vor einer so großen Menschenmenge zu trommeln, zu singen und die Frauen ihres Volkes anzuführen.

Trommeln als Vorspiel
(auf sechs Djemben drei Grundrhythmen kombiniert)

Begrüßung: Liebe Gemeinde, schon die Raumgestaltung und das etwas andere Vorspiel hat Sie darauf hingewiesen: Pfingsten ist das Fest des Heiligen Geistes, ein Fest, an dem eben ungewöhnliche Dinge geschehen. In der Apostelgeschichte wird uns erzählt, dass das Brausen und die Feuerflammen auf den Köpfen der Apostel vom Wirken des Heiligen Geistes kündeten. Alle, die dieses mitbekamen, waren sehr irritiert. Wie damals in Jerusalem geschieht auch in diesem Gottesdienst einiges Ungewöhnliche. Wir haben uns mit Mirjam beschäftigt, der Schwester Moses und Aarons. Mirjam ist die erste in der Bibel erwähnte Prophetin. Und sie tut auch etwas Ungewöhnliches. Nachdem das Volk Gottes die Knechtschaft und Unterdrückung, aber auch die Fleischtöpfe Ägyptens verlassen und die wunderbare Errettung beim Durchzug durchs Schilfmeer erlebt hatte, trat Mirjam an die Spitze des Volkes. Mirjam nahm die Pauke in die Hand, tanzte, sang und alle Frauen folgten ihr nach. Sie brachte die Be-*geist*-erung des Volkes Gottes nach dem wunderbaren

Geschehen zu einem recht ungewöhnlichen Ausdruck. Singend und tanzend geht sie die ersten Schritte ins Unbekannte.

Wir feiern Pfingsten, das Fest des Heiligen Geistes, der viele Möglichkeiten des Ausdrucks hat und Geist der Befreiung und Bewegung ist.

Mit unserem ersten Lied nehmen wir ein wenig Mirjams Bewegung auf.

Lied: Halleluja, preiset den Herrn (in: Menschenskinderliederbuch Nr. 49 mit Bewegungen, z. B. Frauen singen stehend den Hallelujateil, Männer stehen bei „Preiset den Herren" – und andere Kombinationen)

Gebet
Gott, wir kommen zu dir, wie wir sind.
Wir bringen mit, was uns freut
und das, was uns belastet und gefangen hält.
Manchmal hören wir eher auf das, was andere für gut für uns halten.
Es fehlt uns oft der Mut, auf deinen befreienden Geist zu vertrauen,
der Mut, mit dir unseren Weg zu gehen.
Gott, du hast Israel beigestanden, sich aus Ägypten aufzumachen.
Wir bitten dich,
öffne uns das Herz und alle Sinne, dass wir deine Botschaft hören,
ermutige uns, dass wir Schritte in unbekanntes Land wagen.
Schenke uns deinen heiligen Geist,
der unseren Weg begleitet und Leben schafft.   Amen.

Verkündigungsteil
Dia: Das indische Hungertuch* in der Gesamtdarstellung
Hungertücher wie dieses haben eine lange Tradition in der Kirche. Sie verhüllten im Mittelalter in der Fastenzeit den Blick auf den Altar, daher der Name „Hungertuch". Die heutige Kirche nahm die Tradition wieder auf, und Miserior beauftragt jedes Jahr eine/n Künstler/in aus einem anderen Land, ihrem christlichen Glauben Ausdruck zu geben. Bilder sind eine pfingstliche, ökumenische Sprache. Die indische Künstlerin Luzy D'Souza zeigt hier mit biblischen Frauengestalten einen Wegweiser zum Reich Gottes (Die Sauerteig-Senfkorngeschichte steht hier im Zentrum des Hungertuches).

---
* Bezugsadresse: Misereor, Mozartstr. 9, 52064 Aachen

Dia: Mirjam 1. Bild rechts oben
Hungertücher haben immer eine bestimmte Leseart. Bild 1 ist Mirjam, blau gekleidet, in der Farbe der Treue, in der des Himmels und des Wassers, aus dem das Leben und manchmal auch Bedrohung kommt. Mirjam kniet am Wasser. Ihr Blick geht in die Tiefe des Wassers. Das Schilfmeer hatte sich für ihr Volk gerade geöffnet und den Fluchtweg geebnet. Dann hat es die Verfolger, die ägyptischen Soldaten, verschlungen. Gott ließ die Wellen zuschlagen und Ross und Reiter ins Meer stürzen. – Die anderen Frauen im Bild stehen hinter Mirjam. Sie stützen sich gegenseitig den Rücken und tanzen. Ihr Blick ist zuversichtlich auf die Taube gerichtet, das Symbol des Heiligen Geistes. Mirjam gibt den neuen Rhythmus, den Takt an, und die Frauen folgen ihr in Solidarität und im Blick die göttliche Kraft.

Bibeltext: Von Mirjam und den Frauen lesen wir in der Bibel:

Die Prophetin Mirjam, die Schwester Aarons, nahm die Pauke in die Hand, und alle Frauen zogen mit Paukenschlag und Tanz hinter ihr her. Mirjam sang ihnen vor: Singt dem Herrn ein Lied, denn er ist hoch erhaben! Rosse und Wagen warf er ins Meer. (2. Mose 15, 20-21)

Lied: Und Mirjam schlug die Pauke (in: H. Kohler-Spiegel / U. Schachl-Raber, Wut und Mut, München 1991)
Der Refrain wird von einigen Trommeln begleitet.

1. Szene – Mirjam ist ein Vorbild
Hanna: Mensch Mirjam, also ich muss sagen – echt ganz toll, wie du die Pauke genommen hast und angefangen hast zu tanzen. Wie hast du das bloß geschafft? Hätt' ich mich nicht getraut – so vor allen Leuten.
Mirjam: Naja, ich hab auch so ein Kribbeln im Bauch gespürt, aber das war nur für einen kurzen Moment und dann hat mich die Freude über unsere Rettung so überwältigt – ich musste einfach tanzen. Aber ich hab mich riesig gefreut, als ich merkte, dass auch andere von euch aufgestanden sind und mitgemacht haben.
Hanna: Ja, dadurch wurde es irgendwie leichter. Ich fühlte mich auch nicht beobachtet, schließlich waren wir dann ganz schön viele, und es war richtig ansteckend.

Dennoch finde ich es mutig von dir. Ich glaube, mir wäre es peinlich gewesen. Vielleicht hätte ich zu sehr darüber nachgedacht, was die Männer wohl sagen würden.
Mirjam: Kann ich gut verstehen, der Gedanke kam mir auch, aber da habe ich gedacht: Gut, wenn keine andere Frau den Mut aufbringt ... Frau muss sich auch mal etwas Ungewöhnliches trauen. Vielleicht hat unser Singen und Tanzen ja nun auch den anderen Frauen gezeigt, dass sie ruhig versuchen können, das zu tun, was sie für richtig und angebracht halten. Wie wär's, wenn *du* das nächste Mal die Pauke in die Hand nimmst?
Hanna: Naja, mal sehen, kommt auf die Situation an.
Refrain: Mirjam schlug die Pauke

2. Szene – Mirjam und die Zweifelnde
Zweifelnde: Du Mirjam, in unserem Volk haben sehr viele Frauen Pauken und können diese auch spielen. Manche beherrschen es sogar sehr gut. – Und *du* hast es gemacht!
Mirjam: Ich habe darüber nachgedacht. Ich bin die Prophetin. Es war meine Aufgabe, in dieser Situation voranzugehen. Aber jede von uns hat ihren Auftrag und ihre besonderen Fähigkeiten. Es ist wichtig herauszuspüren, was uns die innere Stimme sagt, durch die Gott spricht.
Zweifelnde: Vielleicht bin ich neidisch darauf, dass du so genau weißt, was dein Auftrag, deine Berufung ist. Ich wünsche mir das auch für mich. Ich wünsche mir, dass ich nicht vorher so lange überlege, was ich alles falsch machen könnte, sondern, dass ich es mal ausprobiere und darauf vertraue, dass Gott auch mit mir spricht und ich stark genug bin.
Mirjam: Ja, wenn du dich traust, bist du auf jeden Fall hinterher um eine Erfahrung reicher und du lernst dich besser kennen. Du merkst dann auch immer deutlicher, wo deine Stärken sind und was Gott mit dir vorhat.
Refrain: Mirjam schlug die Pauke

3. Szene – Erinnerungsarbeit
Rahel: Ich bin froh, Mirjam, dass wir es geschafft haben. Wenn ich zurückdenke, was ich für Angst gehabt habe, als ich das Schilfmeer gesehen habe – da habe ich mich nach Ägypten zurückgesehnt. Meine

Angst vor dem Untergang war so groß. Schließlich hatten wir in Ägypten ein Dach über dem Kopf und etwas zu essen …
Mirjam: Ja, Rahel. Angst lähmt uns und versperrt uns den Blick für den Weg in die Zukunft. Aber die Erinnerung daran, was wir in Ägypten erdulden mussten und wie wir gedemütigt wurden, hat uns doch alle so wütend gemacht, dass keine wirklich zurückgehen wollte.
Rahel: Das stimmt schon. Und die Kraft dafür weiterzugehen, hatten wir auch deshalb, weil wir es gemeinsam getan und zusammengehalten haben. Gott loben – das hat uns stark gemacht. Was vor uns liegt ist ungewiss. Meinst du, dass wir es schaffen werden?
Mirjam: Rahel, keiner kann uns diese Erfahrung unserer Stärke nehmen. Das wird uns durch alle Tiefen und Zweifel hindurch tragen. Wichtig ist nicht nur, dass wir uns gegenseitig daran erinnern, sondern auch, dass das keine einmalige Erfahrung bleibt. Wir müssen das immer wieder einüben.

Refrain: Mirjam schlug die Pauke

Überleitung: zum Tanz Al Achat (siehe „Tanzbeschreibung", Seite 122)
Abkündigungen und Ansage der Kollekte (am Ausgang)

Fürbittengebet – Die Gemeinde antwortet mit:
Du Gott stützt mich, du Gott stärkst mich

Wir singen dir und loben dich,
Gott der Befreiung.
Wir üben den Tanz des Lebens,
du bist in unserer Mitte
Wir bitten dich:
Schenke uns den Mut der Mirjam.
Lass uns Worte und Gesten finden für das,
was uns dankbar und froh macht.

Gemeinde: *Du Gott stützt mich, du Gott stärkst mich*

Wir bitten für alle, die unter Krieg und Gewalt leiden.
Besonders für die Kinder,
die ohne Familie und ohne Hoffnung aufwachsen:
Hilf uns für Frieden und Gerechtigkeit einzutreten.

Gemeinde: *Du Gott stützt mich, du Gott stärkst mich*

Wir bitten für alle,
die ängstlich und traurig sind.
Stärke sie und sei ihnen nahe.
Schenke uns die Kraft von Pfingsten,
dass wir uns leiten lassen
von deiner Zärtlichkeit und Liebe
und so von deinem Reich in deiner Welt zeugen.

Gemeinde: *Du Gott stützt mich, du Gott stärkst mich*

Alles, was wir auf dem Herzen haben
schließen wir ein in das Gebet,
das Jesus Christus uns gegeben hat.

Vater unser im Himmel …

Segen
Der Segen des Gottes von Sarah und Abraham,
der Segen des Sohnes von Maria geboren,
der Segen des Heiligen Geistes,
der über uns wacht wie eine Mutter über ihre Kinder,
sei mit euch allen.   Amen.

Lied: Vergiss es nie

Trommelnachspiel

1.5 Eva und ihre Töchter – verführbar, vertrieben, befreit *(1. Mose 3)*

Dekoration: Stühle im Halbkreis, dem Altar zugewandt. Auf den Altarstufen eine gestaltete Mitte: auf mehreren farbigen Tüchern liegen „paradiesische Früchte" und Blumen sowie drei große Fotokartons in Plakatgröße mit der Aufschrift: *verführbar* (roter Karton) – *vertrieben* (blauer Karton) – *befreit* (gelber Karton). Eine Altarkerze brennt in der Mitte.

Begrüßung

Votum: Gott, du gabst Eva und Adam den Auftrag, die Welt zu bebauen und zu bewahren. Wir sehen uns als Töchter Evas, und als diese feiern wir nun den Gottesdienst
im Namen des lebendigen Gottes,
im Namen der lebensspendenden Kraft,
der Liebe Jesu, die uns umhüllt
und des Geistes, der in uns wirkt.   Amen.

Lied: Aufbruch zum Leben, soll es hier geben. (Quelle unbekannt)

Kyrie

(Der folgende Text wird von unterschiedlichen Frauenstimmen gelesen.)

Wir alle gehören dir, und du willst bei uns sein.
Vergib uns, Gott.

Du hast uns dazu berufen, wie damals Eva,
an der neuen Welt mitzubauen.
Aber wir weigern uns,
ziehen uns zurück in das, was bequem und sicher ist.

Du hast uns berufen, genau wie Mirjam,
um der Freiheit willen aufzubrechen, wegzugehen.

Aber wir verweigern uns,
beweihräuchern uns damit, wie weit wir es gebracht haben,
verdrängen so, wie weit wir noch gehen müssen.

Du hast uns berufen, genau wie Deborah,
unsere Welt richtig einzuschätzen und danach
Entscheidungen zu fällen und Rat zu geben.
Aber wir verweigern uns,
suchen unsere Gedankenlosigkeit zu rechtfertigen
und uns in unseren Positionen anzupassen.

Du hast uns berufen, genau wie Hulda,
Gerechtigkeit walten zu lassen und Barmherzigkeit,
wo sie allein nur noch helfen kann.
Aber wir weigern uns, fühlen uns von Dingen,
die uns nichts angehen, nicht betroffen,
üben uns in Passivität und schützen Frömmigkeit vor.

Du hast uns berufen, genau wie Naomi und Ruth,
einander zu lieben,
Aber wir weigern uns,
konkurrieren stattdessen gegeneinander
und halten uns schadlos auf Kosten derer,
die am meisten so sind wie wir.

Du hast uns berufen, genau wie Maria,
in unseren Herzen das zu bewegen, was du gesagt hast.
Aber wir weigern uns und werden stattdessen zu Perfektionistinnen.

Du hast uns berufen, genau wie Thekla und Phoebe,
Kirche neu zu bauen.
Aber wir weigern uns, richten uns ein in dem System,
in dem wir leben und rechtfertigen die Dinge, wie sie sind.

Alle:
Du, der du voll Barmherzigkeit alles heil machen willst:
Wir nutzen das nicht, was uns als Möglichkeit gegeben ist.
Wir stellen uns der Berufung durch dich nicht.
Wir schlagen es aus, zusammen mit dir eine neue Welt zu bauen.

Aber jetzt kehren wir um!
Wir wollen versuchen, das was bisher war,
hinter uns zu lassen.
Wir vertrauen
in neue Partnerschaften, um durchzuhalten.
auf neue Visionen von einem andern Himmel und einer anderen Erde.

Lied: Wenn eine alleine träumt (in: Wenn Himmel und Erde sich berühren)

Lesung: Wir hören auf die alttestamentliche Lesung, in der berichtet wird von der Anfangsgeschichte der Menschen. Gott setzte Eva und Adam in einen Garten. Es ist das Paradies, ein Schutzraum für Eva und Adam, in dem sie als Ebenbild Gottes leben.
1. Mose, Kapitel 3 „Die Vertreibung aus dem Paradies", wird gelesen.

Lied: Gott gab uns Atem, damit wir leben (in: EG Nr. 432)

Spiegelmeditation

Verführbar: Und Eva sah, dass von dem Baum gut zu essen wäre und dass er eine Lust für die Augen wäre und verlockend, weil er klug machte. Und sie nahm die Frucht und aß und gab ihrem Mann, der bei ihr war, auch davon, und er aß. Da wurden ihnen beide Augen aufgetan und sie wurden gewahr, dass sie nackt waren und flochten Feigenblätter zusammen und machten Schurze. (1. Mose 3, 6-7)

Die Augen, der Sehsinn ist es, der bei dieser ersten Verführung eine wichtige Rolle spielt. Eva sieht, es ist eine Lust für die Augen und – am Schluss werden die Augen aufgetan. Ich möchte Sie einladen, mit mir über die Lust der Augen nachzudenken. Eine jede nehme sich aus dem Körbchen einen Spiegel.
(Körbe mit kleinen Taschenspiegeln werden herumgereicht.)

Hier an diesem Ort einen Spiegel in der Hand – ungewöhnlich – und dann auch noch über Lust nachzudenken – ketzerisch?
Nein, die Lust ist eine gute Gabe Gottes! Wie halte ich nun eigentlich

den Spiegel? Ganz selbstbewusst hoch oben in der Luft oder – versteckt in meinem Schoß?
Lächle ich mich an? Kann ich meinen eigenen Blick ertragen? Vier meiner Sinne sind im Spiegel zu sehen: die Ohren, der Mund, die Nase und die Augen.
Die Augen bezeichnen wir als „das Fenster zur Seele".

Ich sehe mich
- ☐ als Ich
- ☐ als Ebenbild Gottes
- ☐ Ist es eine Lust für meine Augen, Gottes Ebenbild – mich – im Spiegel zu betrachten?

Wie damals Eva von der Schlange, so sind auch wir verführt. Wir können unterscheiden, was gut und was böse ist. Aber wer in unserem Leben übernimmt eigentlich die Rolle der Schlange?
Spieglein, Spieglein in der Hand …
Was erkenne ich eigentlich beim Blick in meine Augen?

Erkennen, im Hebräischen ist dies ein Wortspiel: Es bedeutet zugleich „weise" wie auch „nackt" – und dies nicht im sexuellen Sinn, sondern „ohne Schutz sein". So ist dem „weise sein" gleichzeitig ein besonderer Fluch zugeordnet. An den Erkenntnissen der Gentechnologie wird dies uns heute sehr deutlich.

Ich erkenne durch das Fenster zur Seele,
durch meine Augen
- ☐ mich selbst.
- ☐ Gott gab mir die Entscheidungsfreiheit, zwischen Gut und Böse zu wählen.
- ☐ Ich werde verführt, ich verführe.

Ich bin dabei aktiv und passiv.
Ich lebe, erlebe dadurch das ganze breite bunte Leben. Gott gab mir die Freiheit zu entscheiden …
Sollte Gott nicht gesagt haben … und es ist eine Lust, sie zu sehen – die Frucht der Erkenntnis – Teil der Schöpfung?

Trauerphase

Vertrieben: Adam und Eva sind nicht mehr im Paradies. Wir auch nicht. Und doch: Wir sehnen uns immer wieder in ein Paradies! Wie sieht eigentlich unser Paradies in unseren Träumen aus? Gibt es eine feste Vorstellung, oder ist sie jeweils anders, wenn es uns nicht gut geht?
Aus „welchem Paradies" musste ich vielleicht schon hinaus? Wo ist mein Paradies? Ort des Sich-Wohlfühlens, des ganzheitlichen Lebens, des Lebens im Einklang mit Gott und der Schöpfung? Waren wir jemals dort oder auch nur in der Nähe?
Die Vertreibungserfahrungen der biblischen Eva waren die Schmerzen der Geburten und die Feindschaft zwischen der Schlange und ihr. Das Symboltier Schlange mag hier für vieles stehen.
Woraus sind wir vertrieben? Wie und womit sind wir vertrieben worden? Womit sind wir „schwanger gegangen" und haben es unter Schmerzen geboren?
Eine jede hat nun die Möglichkeit, ihre Vertreibungserfahrungen zu beklagen. Hier sind Zettel und Stifte. Wir wollen uns eine kleine Zeit nehmen, uns unserer Schmerzen zu erinnern, zu erinnern an die Feindschaft zwischen uns und der Schlange.

Wenn die Frauen fertig sind, werden sie aufgefordert, ihre Zettel auf das Plakat „Vertrieben" zu legen.

Lied: Du sammelst meine Tränen (in: Du, Eva, komm, sing dein Lied)

(Die Zettel werden mit einem schwarzen Tuch abgedeckt.)

Nicht vergessen wollen wir unsere Trauer. Als Zeichen der Trauer liegt dort ein schwarzes Tuch. Wir wissen, dass sie in der Dunkelheit, im Verborgenen immer weiter existieren. Es ist gut, gemeinsam zu klagen. Wir erfahren dadurch Entlastung. Gott hört unser Klagen und gibt uns neuen Lebensmut.

Aufbruch zum Leben

Lied: Aufbruch zum Leben soll es hier geben. (Quelle unbekannt)

Befreit: Frauenleben wird bestimmt vom biblischen Bild der Eva. Wenn auch wir Frauen in der herkömmlichen Auslegung der Geschichte nicht gut wegkommen, so spricht das Neue Testament eine andere Sprache. Jesus begegnet Frauen als jemand, der sie aufrichtet, sie stärkt und ihnen ihre ursprüngliche Würde wiedergibt. Wir hören die Geschichte einer Frau, deren Blick durch ihre Krankheit 18 Jahre zur Erde gerichtet war: Die Geschichte von der gekrümmten Frau. Sie steht geschrieben im Lukasevangelium im 13. Kapitel:

Der Ort der Geschichte: Die Synagoge, Gottesdienst einer Männergesellschaft. Frauen waren nur abseits oder hinter deutlichen Trennwänden zugelassen. Die Handelnden: Jesus selbst, die Frau übrigens auch, sie geht von ganz hinten mit ihrem krummen Rücken zu Jesus hin, und dann handeln wieder die Männer. Sie klagen Jesus an, dass er am Sabbat „arbeitet". Jesus geht es hier nicht um die Gesetze und Normen, die eingehalten werden müssen. Er verhält sich auch nicht entsprechend der Rolle eines Gottesdienstbesuchers oder -mitgestalters. Jesus ist diese Frau wichtig. Vielleicht hat er sie auch nach ihrem Namen gefragt, den die Bibelschreiber nicht wichtig fanden, ihn zu überliefern. Jesus sieht sie trotz der Trennwände, der vollbesetzten Synagoge und ihrer ja doch wohl geduckten Haltung! Jesus nimmt sie nicht nur wahr, er ruft sie in die Mitte.

Und die Frau mit ihrer Behinderung bewegt sich unter den Blicken aller in den Teil der Synagoge, der für Frauen tabu war, selbst für gesunde. Was muss in ihr vorgegangen sein, damit sie dies konnte? 18 Jahre den Blick nach unten! Keinen Himmel gesehen, gebeugte Haltung, gebeugter Geist, demütig und dienend. Jetzt traut sie sich. Sie wird aktiv, weil Jesus es ihr zutraut, nach vorne zu kommen. Jesus stellt Körperkontakt her, er hat keine Berührungsängste. Er legt die Hand auf, und die Frau ist geheilt. Es heißt dort: „ ... und sogleich richtete sie sich auf und pries Gott" (Lukas 13, 13).

Diesem Lobpreis möchte ich mit Ihnen und euch körperlich Ausdruck geben in einem Tanz.

Tanz: Al Achat (siehe Kapitel „Tanzbeschreibungen", S. 122)

Stark und schwach

Stark und schwach, ge-krümmt und auf-recht,
lan-ger A-tem kur-ze Zeit, Frei-heit, En-ge,
Macht und Ohn-macht, Men-schen-recht und Mensch-lich-keit.
Star-ke Hän-de ler-nen schwa-che Hän-de hal-ten,
schwa-che Hän-de ler-nen star-ke Hän-de hal-ten.

T. und M.: Dorle Schönhals-Schlaudt / Bernd Schlaudt

45

Gebet
Du unser Gott in Himmeln und in Erden
in Ideen und Gefühlen
du lässt werden
wirst geboren unter Menschen für Menschen

gib uns Augen
die erahnen können
und uns lebendig machen

spüre unser Sein und Werden
unser Verstehen und Verzweifeln
unser Vergehen und Bleiben
unser Fürchten und Muten
unsere Liebe und Angst
unsere Macht und Ohnmacht
unsere Trauer und Einsamkeit

wie auch wir uns sehen
einander zu fühlen, zu sehen, zu erleben

hilf uns Wege zu finden
wandle unsere Ängste
und wir werden wachsen.   Amen.

Segen
Geht mit dem Segen Gottes in die Zeit, die vor euch liegt.
Seid stark in der Liebe, die niemanden übersieht,
in der Hoffnung, die sich nicht beirren lässt,
in der Fantasie, die keine Grenzen kennt.
Der Segen Gottes, des Schöpfers Evas und Adams,
der Segen von Jesus Christus, der Frauen aufrichtet und stärkt,
der Segen des Heiligen Geistes, der in uns wirkt,
sei mit uns allen.   Amen.

Lied: Unser Leben sei ein Fest (in: EG Nr. 636)

Die Frauen werden eingeladen, die Früchte in der Mitte miteinander zu essen.

2. Lebenszeiten

2.1 „ ... da haben die Dornen Rosen getragen"
(Lukas 1, 46-55)

Dekoration: Weißes Tuch, auf dem rote Rosen verstreut liegen, dazwischen Teelichter

Orgelmusik zur Einstimmung

Meditation zur Eröffnung
Wenn es dunkel wird – wohin will ich gehen?
Wenn die Kälte in den Körper dringt, – wohin kann ich gehen?
Wenn die Zeit mir in den Händen verrinnt, – wohin dann?
Wenn die Unruhe aufsteigt und mich quält, – wohin dann?
Zu dir will ich gehen, mein Gott,
deine Gegenwart soll mein Licht und meine Wärme sein,
deine Nähe meine Ruhe und meine Geborgenheit.

Lied: Mit Ernst, o Menschenkinder (in: EG Nr. 10)

Gebet
Wir beten:
Gott, wir warten auf dich, besonders in dieser Zeit.
Lass uns dein Licht sehen,
dein Licht, das unsern Weg hell macht.
Lass uns die sehen, die im Dunklen stehen,
schenk uns den Funken Licht, den wir für uns und andere brauchen,
damit die Welt heller und wärmer wird.
Um dies bitten wir dich heute,
so kurz vor der heiligen Nacht.
(nach Heidi Rosenstock, Du Gott, Freundin der Menschen)

Lesung: Lukas 1, 26-38
(3 Teelichter werden angezündet.)

Lied: Dein König kommt in niedern Hüllen (in: EG Nr. 14)

Lesung: Lukas 1, 39-45
(3 weitere Teelichter werden angezündet.)

Lied: Maria durch ein' Dornwald ging
(in: Unser fröhlich Gesell, Wolfenbüttel/Zürich 1963)

Kommentierte Lesung: *Die Lesung Lukas 1, 46-55 wird im Ganzen wiederholt. Zwischen jedem Satz wird eine Pause gelassen. Die Frauen werden aufgefordert, Gedanken und Gefühle zu dem Gehörten zu sagen, diese bleiben unkommentiert stehen. – 3 weitere Teelichter werden angezündet.*

Lied: Magnifikat (in: EG Nr. 579)

Tanz: Magnifikat (siehe Kapitel „Tanzbeschreibungen", Seite 127)

Symbolisches Geschenk: *Die Rosen werden an die Frauen verschenkt.*

Segen
Gesegnet sein sollen die, die noch an Wunder glauben.
Gesegnet die, deren Herz offen ist.
Gesegnet sein sollen die, die das Göttliche hereinlassen,
gesegnet, die der Macht Gottes vertrauen.
Gesegnet sein sollen die, die ihre Hoffnung weitersagen.
Gesegnet, die Freude mitteilen.
Gott, lass uns gesegnet sein.

Orgelmusik zum Ausklang

2.2 „In der Mitte der Nacht liegt der Anfang eines neuen Tages ..." *(Jesaja 9, 1-4)*

Dekoration: (Soldaten-)Stiefel, Trommeln, Kerzen

Begrüßung

Lied: Der Tag ist um, die Nacht kehrt wieder (in: EG Nr. 490, 1-3)

Chorgesang: Du Stern des Abends ... (in: Wie wir feiern können)

Eingangsgebet
Manchmal kann ich sehen, o Gott, dein Licht, in meine Welt hinein.
Ja, manchmal ist da über dem Dunkel ein Schein, ein heller Schein.
Ich will mit ihm das Dunkel verjagen,
will das Leuchten in meinen Alltag tragen,
will halten das Strahlen über meinem Gesicht,
will gehen und leben in deinem Licht.
Und überflügeln im Leuchten die Schwere der Sorgen,
geh du mit mir von der Nacht in den Morgen.   Amen.

Lesung: Jesaja 9, 1-4 (Übersetzung nach Buber/Rosenzweig)

1. Interpretation mit Trommel und Flöte
Flöte und Trommel eignen sich gut, um die unterschiedlichen Aspekte im Text Jesaja 9, 1-4 hervortreten zu lassen:
Dunkel und aufgehendes Licht, Jubel und überschwengliche Freude im Miteinander-Teilen, Erinnerung an frühere Unterdrückung, Verletzungen und Gewalttaten und schließlich tobendes, tanzendes Feuer der Erlösung.

2. Interpretation mit Worten
Der Wortteil nimmt dann Vers 5 dazu und betrachtet aus der Perspektive der erfüllten Verheißung. In der Übersetzung von Buber / Rosenzweig wird die Schönheit der Verheißung auch im Reden darüber deutlich.

Wir haben die Verheißung Jesajas gehört, in Worten und in Klängen. Ist dieser Text mehr als nur schöne Literatur? Mehr als nur weihnachtliche Erinnerung an das, was sein könnte, was sein soll nach Gottes Willen, was aber in unserer Welt keine Chance hat?

Ja, ich behaupte das, er ist mehr, viel mehr als nur die alljährliche Wiederholung wohlklingender Worte, weil er nichts beschönigt, nichts verfremdet, aber gerade damit auch nichts Unmögliches verspricht. Diese Sätze sind Verheißungsworte und Hoffnungsworte, gerade weil sie sich an der Realität orientieren, weil sie aufnehmen, was menschliche Erfahrung seit Tausenden von Jahren ist, weil sie aussprechen, was menschliche Träume sind, weil sie eine Vision geben von dem, was noch nicht ist, was aber immer wieder, hier und da, als Ahnung, als Lichtfunke, als strahlender Stern hereinleuchtet in unsere dunkle Welt. Und weil diese Worte eine Zukunft in Aussicht stellen, für die es sich zu leben lohnt, hier und jetzt, in diesem schönen und schwierigen Dasein – auch deshalb ist diese Verheißung Jesajas etwas Hoffnungsvolles, Hoffnung Schenkendes.

Es ist viel Dunkel in diesen Worten sichtbar, aber über dem Dunkel, inmitten des Dunkels und durch es hindurch mehr noch das Licht, viel viel Licht. Und da ist Bewegung, viel Bewegung zu erkennen; die Bewegung des Lichtes Gottes auf die Menschen zu und die Reflexion dieses Scheins in den Augen und den Gesichtern derer, die noch in Dunkel und Leid leben:

„Das Volk, die in Finsternis gehen, / ersehen ein großes Licht,
die Siedler im Todschattenlande, / Licht erglänzt über sie."

Und dann noch mehr Bewegung und erwachendes Leben; jetzt hört man Klänge; Musik, Gesang, Jubelrufe und freudiges Lachen; Ausgelassenheit und Tanz und Freude über das, was verteilt wird unter allen, was miteinander geteilt wird:
Speise, die den Hunger stillt, Frieden, der eine Zukunft in Aussicht stellt; Liebe, die den anderen Menschen erkennen lässt.

„Reich machst du den Jubel, / groß machst du die Freude,
sie freun sich vor deinem Antlitz, / wie beim Erntefreudenfest,
gleichwie man jubelt beim Beuteverteilen."

Es ist diese Lichterfahrung, die noch aussteht, von der aber die ersten Vorboten schon künden; deren erste Strahlen sich Bahn brechen durch das Dunkel. Die Bewegung wird stärker, das Licht heller. Es scheint nun auch auf.

Erinnerte Vergangenheit um der Zukunft willen – auch diese fehlt nicht in der Freude der Gegenwart; auch sie gehört zum Leben von morgen. Die Vergangenheit hat uns geprägt, ist Teil unserer ganz eigenen, kleineren und größeren Geschichte;

lernen, mit ihr zu leben, besonders mit den Leidenserfahrungen, mit allem, was durchlitten wurde und was Wunden und Narben hinterlassen hat, dies nicht zu vergessen, aber auch nicht in dieser Vergangenheit stehen zu bleiben, starr zu werden, sondern Lebensmut und Hoffnung auf Zukünftiges immer wieder, mühsam und in Erwartung, zu schöpfen,

noch Augen zu haben für das, was Frieden und Gerechtigkeit bedeutet, und den Willen darauf zu richten, dass das Leben stärker ist als der Tod – all das ist vielleicht eine der größten Aufgaben und Herausforderungen der Menschheit und jeder und jedes einzelnen.

Von dieser Erinnerung an Vergangenes, vom Erleben tödlicher Gegenwart sprechen die nun folgenden Worte der Verheißung:

„Denn das Joch seiner Fron,
das die Schulter ihm beugt,
den Stock, der es antreibt,
du zerknickst sie wie am Midjantag.
Denn alljeder Stiefel, herstiefelnd mit Gedröhn,
Rock in Blutlachen gewälzt,
zum Brande, Feuerfraß wirds."

Es ist noch nicht erschienen, was wir sein werden, aber im durchscheinenden Licht von oben sehen wir die Zukunft, worauf wir zugehen, mit Trauer und Freude, mit Verzweiflung und neuer Kraft, mit Weinen und Lachen, im Angesicht der Schrecken dieser Welt dennoch mit unzerstörbarer Gewissheit, dass einmal Tod und Zerstörung, Hass und Gewalt verdrängt werden von Wirklichkeit gewordener Hoffnung:
Es ist noch nicht erschienen, was wir sein werden, aber erschienen ist, worauf alle Zukunft und alles Leben gründet. In den Augen unserer Kin-

der, täglich, trotz allem, was an verordneter Ratio dagegenspricht, in diese Welt hineingeboren, an ihren Augen, da können wir's erkennen. An ihren Fragen und Bedürfnissen können wir's ablesen, an ihren Träumen und Ideen können wir mitempfinden; an ihrer Zerbrechlichkeit, aber auch an ihrer Sehnsucht auf Leben in Würde, an ihrem ungebrochenen Willen zu dem, was wahrhaft den Namen Leben verdient, da können wir aufs Neue entdecken, dass die Verheißung kein Luftschloss ist.

Lasst uns erinnern für die Zukunft, wenn wir Weihnachten feiern, die Geburt eines Kindes, Hoffnung für alle Welt.

„Denn ein Neugeborenes ist uns geboren;
ein Sohn ist uns gegeben, auf seiner Schulter
wird die Fürstenschaft sein."

Lied: Das Volk, das noch im Finstern wandelt (in: EG Nr. 20, 1-4)

3. Interpretation mit Bewegung und Licht
Im Tanz „Navidadau" drückt sich das hoffnungsvolle Zugehen der Hirten auf die Krippe aus. Für diesen Tanz gehen die Frauen in eine mit Tüchern gelegte Spirale, auf der Lichter stehen. In der rechten Hand halten sie eine Kerze, die linke Hand liegt auf der Schulter der Nachbarin; sie gehen in die Spirale und wieder heraus (siehe Kapitel „Tanzbeschreibung, Seite 126).

Lied: In der Mitte der Nacht (in: Fürchte dich nicht, Neuhausen-Stuttgart)

Fürbitte
Für die, die das Dunkel ihres Alltags, unseres Alltags verschlucken will:
die übersehenen und gedemütigten,
gehetzten und verachteten,
getretenen und nach Befreiung schreienden
Menschen überall auf diesem Erdball –
für sie bitten wir heute, o Gott:
dass das Licht deiner Verheißung auf sie fällt,
dass deine Liebe sie umhüllt wie ein wärmender Mantel,

dass dein Frieden wahr wird in ihrem Leben,
ja, für uns alle bitten wir:
dass unsere Lebenssehnsucht sich erfüllt,
dass wir Hand in Hand in den Morgen gehen,
und dass wir Zukunft erfahren in deinem Licht.
Amen.

Chorgesang: Dona nobis pacem (Kanon; EG Nr. 435)

Segen
Gott allen Trostes und aller Verheißung,
segne uns und behüte uns
vom Licht des Tages bis in das Dunkel der Nacht.
Nimm uns an deine Hand,
wenn wir zu stolpern drohen.
Trage uns,
wenn uns die Last auf den Schultern zu schwer wird.
Geleite uns vom Dunkel der Welt in das Licht deiner Verheißung.
Amen.

2.3 *Die Salbung in Betanien* *(Markus 14, 3-9)*

Dekoration: Kleine Krüge mit Duftöl, Duftlampen, Kerzen, rote Rosen

Musik: Meditative Orgelmusik zum Ankommen

Lied: Adoramus te, Domine *(dreimal wiederholen)* (in: EG Nr. 648)

Musik: Meditative Orgelmusik

Meditation zu Markus 14, 9
„Wahrlich, ich sage euch: Wo das Evangelium gepredigt wird in aller Welt, da wird man auch das sagen zu ihrem Gedächtnis, was sie jetzt getan hat."

Zu ihrem Gedächtnis ...
Sie kommt herein, sie trägt ein Glas Öl in ihren Händen.
Kommt näher und zerbricht das Glas, gibt Raum für zärtlichen Duft.
Tritt in ihre Mitte und sieht nur ihn.
Lässt Öl durch ihre Hände gleiten, berührt ihn, ganz still.
Reicht ihm, was noch niemand ihm gab,
hört nicht ihre Stimmen, ihre bösen Worte.
Im Raum der Ruhe, nur er und sie, lautlos,
die Augen der anderen außen, davor.
Vollendet ihr Werk in Schweigen,
sie braucht keine Worte, und er versteht.
So vorbereitet geht er seinen Weg bis zum Ende,
umhüllt mit dem Mantel des Öls aus ihren Händen,
gesalbt für die Ewigkeit,
umfangen von ihrer Liebe.
Dann wird er sagen: Sprecht von ihr,
sagt weiter, was sie mir getan hat,
zu ihrem Gedächtnis.
Zum Gedächtnis anderer wurde sie später vergessen gemacht.

Musik: Meditative Orgelmusik

Begrüßung: Herzlich willkommen an diesem Abend, an dem wir uns an die Frau, die Jesus kurz vor seinem Tod salbte, erinnern wollen. Zu ihrem Gedächtnis, so, wie er schon den Jüngern damals aufgetragen hatte, von ihr zu erzählen, tun wir das heute. Denn das Vergessen ist schneller als die Wirkung seiner Worte. Wer spricht heute noch von ihr, wer weiß etwas von ihr? Wer ist sie, die da hereinkam und tat, was sie tun musste? Zu ihrem Gedächtnis von ihr erzählen, die Unbekannte, die man später für Maria Magdalena hielt. War sie es wirklich, und wurde sie deshalb vergessen gemacht? Weil man in der Gestalt der Maria Magdalena Liebe und Sünde auf ewig miteinander verband, weil sie eine bedingungslos liebende Frau war und deshalb Angst machte, den Männern und Herren der Kirche?

Wer sie auch sei, nennen wir sie ruhig Maria Magdalena, und nehmen wir sie wahr in ihrer Liebe und Sorge für ihn. Denn sie hat Jesus auch dieses letzte Geschenk gemacht, wissend, worauf er zugehen würde.

Mitleidend mit ihm hat sie ihn vorbereitet auf seinen Tod, indem sie ihn salbte, und sie hat sich dabei nicht beirren und aufhalten lassen. Er hat ihre innige Zuwendung angenommen, so sehr, dass er auftrug weiterzusagen, was sie getan hat. Zu ihrem Gedächtnis …

Lied: Laudate omnes gentes … Intonation mit Orgel
(dreimal wiederholen) (in: EG Nr. 181.6)

Lesung von Markus 14, 3-9

Reaktionen der Jünger
(einzelne Sätze aneinander gereiht, von verschiedenen Frauen gelesen)

- Was nimmt sie sich heraus?
- Was fällt ihr ein?
- Was tut sie denn da?
- Was soll die Verschwendung? Solch Öl ist viel zu teuer, um es einfach auszuschütten!
- Weibischer Luxus! Das Geld hätten wir besser den Armen geben können!
- Will sie ihn etwa salben? Davon hat sie doch gar keine Ahnung!
- Was heißt hier Salbung, wenn hier einer salbt, dann ja wohl der Hausherr, um seine Gäste zu begrüßen!
- Oder spielt sie sich etwa als Priesterin auf? Das ist nicht das Amt einer Frau!
- Wozu braucht Jesus jetzt eine Salbung? Sie hat offenbar nicht begriffen, welche Macht er besitzt!
- Was hat sie hier überhaupt zu suchen? Bricht das Hausrecht und kommt einfach ungeladen herein!
- Wie sie ihn ansieht! Jetzt ist es aber genug!
- Hat sie denn keinen Anstand? Sie kann ihn doch nicht einfach so berühren! Schamlos!
- Sie scheint verrückt zu sein! So etwas habe ich noch nicht erlebt!
- Seht sie euch an! Keine normale Frau käme auf solche Gedanken!
- Und eine ehrbare Frau wüsste, wo ihr Platz ist!
- Das hätten wir nie getan!

Ja, all dies hat sie getan. Aber warum hat sie's getan?

Briefe an die unbekannte Frau (oder Maria Magdalena)

Die Frauen werden aufgefordert, einzeln oder in kleinen Gruppen ihre Gedanken, Fragen, Assoziationen in Brieform zu fassen (Beispiele, siehe folgende Seiten)

Lied: Ubi caritas et amor ... Intonation mit Orgel *(dreimal wiederholen)* (in: EG Nr. 571, 1 und 2)

Verlesen der Briefe: *Einzelne Briefe können verlesen werden.*

Lied: Ubi caritas (ohne Orgel)

Dem Text nachdenken: An dieser Stelle kann noch einmal ein Gespräch derer stattfinden, die den Abend vorbereitet haben, um den Inhalt der Briefe, aber auch Eigenes zum Text zusammenzufassen; dabei sollte der Schwerpunkt auf Markus 14, 9 liegen: der Aufruf „zu ihrem Gedächtnis", Frauengeschichte vor dem Verschwinden zu bewahren.

Meditative Musik (Orgel)

Gegenseitiges Salben mit Rosenöl
Rosenöl wird herumgereicht, die Frauen salben sich gegenseitig die Hände.

Fürbitte
Gott, wir danken dir für die Begegnung mit der Frau
aus Betanien.
Ihr Mut, ihr Glaube, ihre verschwenderische Liebe
haben mich tief berührt.
Wir sind manchmal so kleinlich
in unserer Liebe,
in unserem Glauben,
in unserem Handeln.
Hilf uns, Gott, dass wir lernen, großzügig zu sein.

In unserer Welt ist so viel Armut und Ungerechtigkeit.
Manchmal verzweifeln wir.

Öffne die Herzen und Hände aller Menschen,
die über das Wohlergehen anderer Menschen entscheiden.
Öffne unsere Herzen und Hände.
Hilf uns, Gott, dass wir lernen, großzügig zu sein
mit unseren Gütern,
mit unseren Talenten,
mit unserer Liebe,
wo immer sie gebraucht werden.
Lass uns nicht sparsam umgehen mit dem kostbaren Öl
unserer Liebe;
es soll ausströmen und sich ausbreiten in der Welt
zu ihrem Gedächtnis.
Durch den Duft ihres Öles soll deine Nähe und Anwesenheit kostbar
und spürbar werden für alle Menschen. Amen.

Lied: Adoramus te, Domine (in: EG Nr. 648)

Segen
Zu ihrem Gedächtnis sprecht von ihr,
und Gott wird eurer Stimme Kraft verleihen.
Zu ihrem Gedächtnis handelt in Liebe,
und Gott wird euch stark machen.
Zu ihrem Gedächtnis kämpft für das Leben,
und Gott wird an eurer Seite sein.   Amen.

Beispiele für Briefe an die Unbekannte* (Maria Magdalena)

Liebe Maria, Du hast für uns Wege geebnet. Du spürtest eine Kraft in Dir und hast Dich über die Regeln der Männerwelt hinweggesetzt. Wir bewundern Dich, dass Du Deinen Gefühlen nachgegangen bist. Jesus hat Dich verstanden. Das zeigt uns, dass es der richtige Weg war. Auch heute noch, nach 2000 Jahren, fällt es uns immer noch schwer, in der „Männerwelt" Lücken für unsere Ideen, Gefühle, Gedanken und Vorstellungen zu finden. Wir wünschen uns, dass in besonderen Situationen Dein mutiges Verhalten uns ein Vorbild ist.

Liebe Maria Magdalena, wir sind ganz begeistert. Gerade haben wir Deine Geschichte gehört, sie rührt uns an. Und wir sind wütend. Noch nie haben wir eine Predigt über diese Geschichte gehört. Warum wird sie uns verschwiegen? Darf von liebevoller Zuwendung und Zärtlichkeit nicht gesprochen werden? Wir finden Dich sehr mutig und danken Dir, dass Du das für Jesus getan hast. Wie gut, dass das Gerede der Jünger Dich nicht davon abgehalten hat. Ich denke, wir können von Deinem Mut lernen – und wir werden zu Deinem Gedächtnis die Geschichte weitererzählen. Wir danken Dir.

Liebe Frau, toll so einen Mut zu besitzen, genau dies zu tun, was frau meint, tun zu müssen. In der Zeit, in der Du für Dein Vorgehen angeklagt wirst, denke daran, wie Du Dich gefühlt hast, als Du Jesus salbtest. Liebe fließt von Dir zu Jesus. Im Fließen warst Du Deiner Lebenskräfte bewusst. Wie wichtig ist es, sich immer wieder daran zu erinnern! Ach, was wäre die Welt traurig und trist, wenn nur nach dem finanziellen Aufwand gerechnet würde! Sinnlos wäre die Welt, wenn es nicht Frauen gäbe, die voller Wissen die Sinne ansprechen.

3. Gewalt gegen Frauen – Frauen gegen Gewalt

3.1 Dekadetag
„Gewalt gegen Frauen – Frauen gegen Gewalt"

Anspiel und Abschlussgottesdienst Schifra und Pua
(2. Mose 1, 15-21)

Dieser Gottesdienst war Abschluss eines Dekadetages zum Thema „Gewalt gegen Frauen – Frauen gegen Gewalt". Der Dekadetag wurde eingeleitet mit folgendem Anspiel zur Exodusgeschichte.
Die Bibeltexte werden jeweils von einer anderen Frau gelesen.

a) Anspiel Exodusgeschichte

Wir möchten einsteigen in unseren Gottesdienst mit der Erinnerung an eine Geschichte aus dem Alten Testament, die sicher den meisten bekannt ist: die Geschichte vom Auszug der Israeliten aus Ägypten (2. Mose 14, 10-12). – Eine Geschichte also, die vom Auszug, von Trennung handelt. Lange hatte das Volk Israel in der Verbannung gelebt. Sie erlebten Knechtschaft, arbeiteten schwer und ihre Sehnsucht, in das eigene Land zurückzukehren, erlosch nicht.

„Als nun der Pharao das Volk hatte ziehen lassen, führte sie Gott nicht den Weg durch das Land der Philister, der am nächsten war; denn Gott dachte, es könnte das Volk gereuen, wenn sie Kämpfe vor sich sähen, und sie könnten wieder nach Ägypten umkehren. Darum ließ er das Volk einen Umweg machen und führte es durch die Wüste zum Schilfmeer. Und Israel zog wohlgeordnet aus Ägyptenland ... So zogen sie aus von Sukkot und lagerten sich in Etam am Rande der Wüste. Und Gott zog

vor ihnen her, am Tage in einer Wolkensäule, um sie den rechten Weg zu führen, und bei Nacht in einer Feuersäule, um ihnen zu leuchten, damit sie Tag und Nacht wandern konnten. Niemals wich die Wolkensäule von dem Volk bei Tage noch die Feuersäule bei Nacht." (2. Mose 13, 17. 18 und 20-22)

Es war kein leichter Weg, den die Israeliten gegangen sind. Sie zogen durch die Wüste – bei Trockenheit und Hitze, nachts hingegen war es kalt. Der Durst plagte sie, die Füße brannten, der Rücken schmerzte. Da wurden die Zweifel groß.

Den Pharao reute es, dass er die Israeliten hatte ziehen lassen, und er ließ sein Heer mit Ross und Wagen hinter ihnen herjagen.

„Und als der Pharao nahe herankam, hoben die Israeliten ihre Augen auf, und siehe, die Ägypter zogen hinter ihnen her. Und sie fürchteten sich sehr und schrien zu Gott und sprachen zu Mose: Waren nicht Gräber in Ägypten, dass du uns wegführen musstest, damit wir in der Wüste sterben? Warum hast du uns das angetan, dass du uns aus Ägypten geführt hast? Haben wir's dir nicht schon in Ägypten gesagt: Lass uns in Ruhe, wir wollen den Ägyptern dienen? Es wäre besser für uns, den Ägyptern zu dienen, als in der Wüste zu sterben." (2. Mose 14, 10-12)

1. Frau: „Ich geh zurück. Ich hab's doch gleich geahnt, das konnte nicht gut gehen. Jetzt haben wir's. Die Ägypter hinter uns, das Meer vor uns. So ein Auszug muss doch geplant sein. Nichts war geplant, alles war Risiko. Auf Glauben, Vertrauen, Gottvertrauen unser Glück und Gelingen aufgebaut – blindes Vertrauen! Und wir zahlen die Zeche. Das mach ich nicht mit." *(zieht ab)*

4. Frau: „Komm, lass uns erst mal in Ruhe hinsetzen und überlegen, was eigentlich dran ist."

2. Frau: „Das hat doch keinen Zweck! Seht doch die Kinder an, wie sie leiden. Tagelang nichts Richtiges zu essen und zu trinken. In Ägypten, da wussten wir wenigstens, wo wir dran waren: wir hatten zu essen und zu trinken, ein Dach über dem Kopf, auch wenn's unsere Heimat nicht war. Aber wir wurden gebraucht, wir hatten Arbeit."

4. Frau: „Geschuftet haben wir. Wir lebten in Sklaverei."

3. Frau: „Sicher war's anstrengend. Schwerarbeit, aber du hast wenigstens gewusst, was du tun sollst und wie du dich verhalten musst und hast nicht dauernd hinterherjagende Menschen gehabt."

5. Frau: „Dreh es doch nicht um, Schwester, das war das einzige, was wir überhaupt gewusst haben: dass es übermorgen so ist wie heute: Sicherheit war das einzige, was wir hatten."

4. Frau: „Ja, wir hatten unsere Träume verloren. Wir hatten unsere Wünsche, wir hatten unsere eigene Geschichte vergessen. Wir dachten überhaupt nicht mehr an die Geschichte unserer Mütter und Väter."

5. Frau: „Wir waren fremd. Wir haben uns darin nicht wiedergefunden. Und das war doch auch der Motor, warum wir überhaupt weggegangen sind. Erinnert euch, als Mose kam und die Mirjam, da haben wir endlich Mut gefasst und gesagt: Jawohl, es gibt etwas anderes für uns, es gibt ein eigenes gelobtes Land, ein gelobtes Land, und unser Gott wird uns rausführen, damit wir frei werden. Das war es doch!"

2. Frau: „Du hast Recht. Aber wo ist denn der Gott, der uns in die Freiheit führen wollte? Ein schöner Gott, kann ich nur sagen, der uns und unsere Kinder in der Wüste verrecken lässt. So ein Abenteurer-Gott, den gibt's doch gar nicht. Wo Gott ist, da ist auch Ordnung, Zufriedenheit, Geduld – da hält man's aus, auch wenn es schwerfällt. Nein, Frauen, das überzeugt mich nicht. Ich geh zurück zu meinen Kindern. Da weiß ich, was ich habe." *(geht)*

3. Frau (wendet sich um, will auch gehen)

4. Frau: „Warte, Schwester, geh nicht! Denk daran, was wir schon geschafft haben. Gib die Hoffnung nicht auf! Lasst uns doch diesen Weg weiter wagen. Und wenn Gott sich jetzt so gezeigt hat, dann wird sich auch ein Weg für uns auftun. Wir müssen vertrauen. Mir geht es auch nicht gut, ich weiß auch nicht, wie es weitergehen soll. *Aber lasst es uns doch versuchen, unser Ziel zu erreichen, zumindest den Traum davon.*"

5. Frau: „Ja, ich habe auch die Plackerei satt. Ich will keinem Fremden mehr dienen. Wenn ich jetzt nicht gehe, dann tue ich es nie! Gott hat uns das gelobte Land versprochen. Kommt, Schwestern, ich will leben!" *(Frauen ziehen gemeinsam ab.)*

Lied: Wenn eine(r) alleine träumt (in: Wenn Himmel und Erde, Nr. 45)

Sprecherin:
In jeder Generation brechen Frauen auf „aus dem Ägyptenland", aus der Unfreiheit, aus verkrusteten Traditionen. Machen sich auf den Weg durch die Wüste, begleitet von Zweifeln, Fragen, Unsicherheiten. Heute machen sich Frauen auf, um darauf aufmerksam zu machen,

- ☐ dass *Frauensprache* in der Kirche mehr Raum haben muss,
- ☐ dass Menschen- und Gottesbild in der Bibel *nicht länger einseitig männlich ausgelegt wird,*
- ☐ dass der Einsatz der Kirche *gegen Gewalt an Frauen und Kindern* vermisst wird,
- ☐ dass *Frauen anderer Kulturen und anderer Lebensweisen* (Ausländerinnen, Lesben etc.) ausgegrenzt werden.

Wir wollen ein offenes Ohr für das haben, was euch bedrückt. *(Offene Gruppe)*
Wir wollen nicht länger, dass Schwestern miteinander konkurrieren, sondern fair und ohne Angst Meinungsverschiedenheiten klären können. *(Gruppe: Schwesternstreit)*
Wir können nicht mehr mitansehen, wie ehrenamtliche Frauen ausgenutzt werden. Wir wollen, dass sie ernst genommen werden. *(Gruppe: Ehrenamt)*
Wir brauchen Möglichkeiten, Kräfte zu sammeln für unsere Aufgaben in Kirche und Gesellschaft. *(Gruppe: Kraftquellen)*

Lied: Wenn eine(r) alleine träumt

Zu (diesen) Themen werden Gruppen gebildet, in die die Frauen frei nach Wahl gehen. Im Plenum verzichten wir auf die übliche Zusammenfassung aus den Gruppen. Die Frauen können jedoch gerne rückmelden, was sie in ihrer Gruppe am meisten bewegt hat.

b) Gottesdienst „Schifra und Pua – zwei Frauen geraten in den Bannkreis der Macht"

Für diesen Teil wäre es günstig, einen Fallschirm oder Ähnliches (Sonnenschirm, Bettlaken …) zu besorgen.

Lied: Instrumentale Improvisation zu „Wenn eine alleine träumt"

Eingangsvotum
Wir sind beieinander im Namen Gottes des Schöpfers,
der wie eine Mutter und wie ein Vater
für uns sorgt, weil er uns liebt.
Im Namen Jesu Christi,
der diese Liebe Gottes unter uns hat Gestalt werden lassen
durch den Tod hindurch.
Im Vertrauen auf die Kraft des Heiligen Geistes,
die unserem Denken, Fühlen und Wollen
Lebendigkeit und Weisheit geben möge.   Amen.
(Quelle unbekannt)

Lied: Schenk uns Weisheit, schenk uns Mut
(in: EG Nr. 635 und Wenn Himmel und Erde sich berühren, Nr. 119)

Gebet
Gott, du bist alles in allem,
wir können hoffen,
dass du uns die Kraft schenkst
zum Aufstehen

gegen Gleichgültigkeit
für die Aufmerksamkeit
gegen Missmut
für die Hoffnung
gegen Unterdrückung
für den Widerstand
gegen Unrecht
für das Recht

gegen Hass
für die Liebe
gegen Armut
für die Fülle
gegen Angst
für das Vertrauen
gegen Tod
für das Leben.

Gott, du bist alles in allem,
wir können hoffen,
dass du uns Kraft schenkst
zum Aufstehen – für das Leben.
(Quelle unbekannt)

Lied: Sanftmut den Männern, Großmut den Frauen
(in: Wenn Himmel und Erde, Nr. 33)

Textauslegung zu 2. Mose 1, 15-21
„Und der König von Ägypten sprach zu den hebräischen Hebammen, von denen die eine Schifra hieß und die andere Pua: Wenn ihr den hebräischen Frauen helft und bei der Geburt seht, dass es ein Sohn ist, so tötet ihn; ist's aber eine Tochter, so lasst sie leben." (2. Mose 1, 15-16)
Zwei Frauen, Schifra und Pua, geraten in den Bannkreis der Macht, der Pharao-Gott-König lässt sie holen. Er will mit ihnen Politik machen. Sie haben Gewalt über Leben und Tod im privatesten Bereich. Sie stehen Frauen bei, die gebären. Sie sollen helfen, so will es der König – aber nicht den Frauen, sondern ihm bei seinen Plänen zum Völkermord. Söhne sollen sterben, Töchter dürfen leben, so lautet der Auftrag. Frauen mit Macht – als Werkzeug des Pharao – wie werden sie sich verhalten?

(Kurze Pause)

„Aber die Hebammen fürchteten Gott und taten nicht, wie der König von Ägypten ihnen gesagt hatte, sondern sie ließen die Kinder leben." (2. Mose 1, 17).

Schifra und Pua – wie schrecklich, zum Pharao kommen zu müssen, was für ein furchtbarer Auftrag: die Kinder derjenigen töten, die ihnen vertrauen. Und welche Bedrohung für das eigene Leben, dem Pharao nicht zu gehorchen. Aber Schifra und Pua sind nicht allein. Sie stützen sich in dieser Gefahr. Gemeinsam halten sie stand gegen den Bannkreis der Macht. Größer als ihre Furcht vor der Strafe ist ihre Ehrfurcht vor ihrem Gott, ihr Vertrauen zueinander, ihre Verantwortung für das Leben.

Lied: Einsam bist du klein *(in: Menschenskinderlieder)*

„Da rief der König von Ägypten die Hebammen zu sich und sprach: Warum tut ihr das, dass ihr die Kinder leben lasst? Die Hebammen antworteten dem Pharao: Die hebräischen Frauen sind nicht wie die ägyptischen, denn sie sind kräftige Frauen. Ehe die Hebamme zu ihnen kommt, haben sie geboren." (2. Mose 1, 18-19)

Was vorauszusehen war, geschieht. Schifra und Pua werden wieder vor den Pharao zitiert. Befehlsverweigerung – so lautet der Vorwurf. Aber die Übermacht kriegt die beiden nicht klein. Mit einer List, einer lebensrettenden Schwindelei antworten sie dem Pharao: Die hebräischen Frauen brauchen uns nicht, sie sind kräftiger als die ägyptischen. Wie listig – die bösesten Alpträume des Pharao werden so bestätigt. Ganz Ägypten bedroht von den Hebräern – das Sklavenvolk der ägyptischen Hochkultur überlegen. Selbst die hebräische Frau leistungsfähiger als die ägyptische. Und so, den mangelnden Sachverstand gepaart mit bestätigten Ängsten, glaubt der Pharao der List und lässt die beiden ziehen.

Schifra und Pua – sie beugen sich nicht den „Sachzwängen", die Macht korrumpiert sie nicht. Sogar ihren Berufsstand als Hebammen verleugnen sie, ihr Wissen verstecken sie, um andere zu retten. So sind sie Anwältinnen ihrer Mitschwestern, ihrer Kinder, ihres Volkes, ihres Gottes.

(Kurze Pause)

„Darum tat Gott den Hebammen Gutes. Und das Volk mehrte sich und wurde sehr stark. Und weil die Hebammen Gott fürchteten, segnete er ihre Häuser." (2. Mose 1, 20-21)

Die Hüterinnen des Lebens werden gesegnet – Gott tut ihnen und ihren Häusern Gutes. Sie wurden die Hebammen des „Exodus", des Auszuges, Hebammen für den Weg in die Freiheit. Ihre Weigerung zu töten, war Widerstand gegen Unterdrückung und Tod. Ihr Volk konnte weiterwachsen und stark werden. Sie wagten den Auszug aus dem Bann der Macht. Sie widerstanden der Angst und der Gewalt. Wie gut, dass sie zu zweit waren. Sie konnten sich gegenseitig stützen, um die Gefahr für sich und andere Frauen solidarisch abzuwehren.

Lied: Lasst uns den Weg der Gerechtigkeit gehen (in: WGT 1992)

Fürbitte
Geist des Lebens, wir gedenken heute der Frauen,
der bekannten wie der namenlosen,
die zu allen Zeiten die Kraft und die Gaben,
die du ihnen gegeben hast, nutzten,
um die Welt zu verändern.

Gott, dein guter Segen

T.: Reinhard Bäcker / M.: Detlev Jöcker

Strophe

1. Gott, dein gu-ter Se-gen ist wie ein gro-ßes Zelt,
hoch und weit, fest ge-spannt ü-ber un-sre Welt.

Refrain

Gu-ter Gott, ich bit-te dich:
Schüt-ze und be-wah-re mich.
Lass mich un-ter dei-nem Se-gen
le-ben und ihn wei-ter-ge-ben.
Blei-be bei uns al-le Zeit, seg-ne uns, seg-ne uns,

1. denn der Weg ist weit.
2. denn der Weg ist weit.

2. Gott, dein guter Segen
   ist wie ein helles LICHT,
   leuchtet weit, alle Zeit
   in der Finsternis.
   > Guter Gott, ich bitte dich:
   > LEUCHTE UND ERHELLE MICH. (Refrain …)

3. Gott, dein guter Segen
   ist wie des Freundes HAND,
   die mich hält, die mich führt
   in ein weites Land.
   > Guter Gott, ich bitte dich:
   > FÜHRE UND BEGLEITE MICH. (Refrain …)

4. Gott, dein guter Segen
   ist wie der sanfte WIND,
   der mich hebt, der mich trägt
   wie ein kleines Kind.
   > Guter Gott, ich bitte dich:
   > STÄRKE UND ERQUICKE MICH. (Refrain …)

5. Gott, dein guter Segen
   ist wie ein MANTELKLEID,
   das mich wärmt und beschützt
   in der kalten Zeit.
   > Guter Gott, ich bitte dich:
   > TRÖSTE UND UMSORGE MICH. (Refrain …)

6. Gott, dein guter Segen
   ist wie ein weiches NEST.
   Danke, Gott, weil du mich
   heute leben lässt.
   > Guter Gott, ich danke dir.
   > Deinen Segen schenkst du mir.
   > Und ich kann in deinem Segen
   > leben und ihn weitergeben.
   > Du bleibst bei uns alle Zeit,
   > segnest uns, segnest uns, denn der Weg ist weit.

Geist des Lebens,
hilf uns darin,
in uns selbst die Kraft zu entdecken,
die von dir kommt und sie so zu nutzen,
dass eine Welt entsteht,
in der Frieden und Gerechtigkeit regieren.

Wir gedenken vor dir unserer biblischen Schwestern,
die sich für das Leben eingesetzt haben.
Erinnere uns an Schifra und Pua und ihren Mut,
wenn Resignation und Angst uns lähmen.
Wir bitten um die besondere Kraft, die sie uns weitergeben wollten.

Geist des Lebens,
wir beten für unsere Töchter und Enkelinnen.
Möge in ihnen die Kraft wachsen, ihr ganz eigenes,
von dir geschenktes Leben zu entdecken.
Amen.

Lied: Gott, dein guter Segen

Während des Singens spannen einige Frauen einen Fallschirm auf und fordern die Frauen mit Gesten auf, sich unter den Fallschirm zu stellen.

Segen: Dieses Tuch ist für uns Symbol für das Geborgensein unter Gottes gutem Segen. Wir wollen uns nun den Segen Gottes zusprechen und uns stärken. Wer mag, spricht unter dem Schutz des Zeltes einen Segen aus und unterstützt anschließend ihre Schwestern beim Halten des Tuches.
Wir werden unsere Schwestern stärken mit dem Zuspruch: Geh mit dem Segen Gottes.

3.2 Lots Frau *(1. Mose 19, 24-26)*

Raumgestaltung: In der Mitte auf einem weißen Tuch liegen Versteinerungen, eine weiße Steinsäule vom Steinmetz, kleine Säckchen mit Salz, Kerzen

Eingangsmusik: ruhige, meditative Musik, z. B. improvisierende Querflöte

Meditation zur Eröffnung I

Hier bin ich Gott, vor dir.
So, wie ich bin.
Ich öffne mich deiner Nähe.
Deine Lebenskraft fließt in mir,
mein Atem, der mich trägt und weitet.
Lass Ruhe einkehren …

(Stille)

In Gedanken gehe ich zurück in die vergangenen Tage,
ich habe einiges mitgebracht, manches beschäftigt mich noch …

(Stille)

Hier bin ich, Gott, vor dir.
So wie ich bin.
Mit meiner Anspannung, meiner Freude,
meiner Traurigkeit und Enttäuschung.
Mit meiner Wut und meiner Ungeduld.
Mit meinem Stolz.
Mit meiner Sehnsucht.

Gott, Quelle des Lebens,
erneuere mich,
heile mich.   Amen.

Meditation zur Eröffnung II

Die Tür ist offen, ich werde erwartet. Ich trete ein ..., das ist: Ankommen, sich umschauen, sich vertraut machen mit der Umgebung und den Menschen hier.
Gesichter, junge, alte, offene, müde, neugierige, beschäftigte, unsichere Gesichter um mich herum sehen mich an, nehmen mich wahr.
Gut, dass ich gekommen bin, auch wenn mein Tag (meine Woche) voll war mit Terminen, anstrengend ...
Gut, dass ich hierher gekommen bin, auch wenn mein Tag (meine Woche) nicht gut war.
Begrüßen, die alten Bekannten und die, die ich noch nie gesehen habe.
Spüren, dass Menschen sich freuen, dass ich da bin.
Den Platz suchen, in der Erwartung dessen, was kommt; langsam hinter sich lassen, was meinen Nachmittag, die letzten Stunden bestimmt hat.
Hier sein, ruhig sein.
Gut, dass ich da bin, mit den Menschen neben mir und um mich herum.
Gut, dass du, Gott, uns zusammenbringst.

Lied: Adoramus te Domine (in: EG Nr. 648)

Lesung von 1. Mose 19, 15-26

Leitmotiv Musik: ein kurzes Leitmotiv wird mit Querflöte, Flöte oder anderem Instrument gespielt

Lesetext I: Selber schuld!

Ja, Frau Lot, da haben Sie doch selber Schuld. „Nicht zurückschauen" war die Parole. Und was tun Sie? – Neugierig, wie nun Frauen mal sind – schauen Sie sich um. Nun stehn Sie da – erstarrt, unbeweglich, erschüttert, gelähmt – und die Familie zieht weiter, einem neuen Ziel entgegen. Dem Schrecken der Verwüstung entkommen.
Also selber schuld: wer nicht hören will, muss fühlen, das hat sie nun davon, warum hört sie nicht? – Das ist die gerechte Strafe.
In diesem Denkschema bin ich erzogen worden und viele von Ihnen/euch vielleicht auch. Die Redewendungen sind uns nicht fremd und machen es uns sehr einfach, die Sache abzutun. Na, und wenn ich

ehrlich bin, noch heute huscht mir so ein Satz durch den Kopf, wenn etwas daneben gegangen ist: selber schuld! Und Frau Lot – sie passt genau in das Denkschema – die Neugierde wurde sofort bestraft.

Leitmotiv Musik

Lesetext II: Erstarren aus Betroffenheit
„Als Lots Frau zurückblickte, wurde sie zu einer Salzsäule."
Nicht so schnell absehen können von dem, was um mich herum geschieht. Unfähig sein, vergessen zu können.
Den Blick nach vorn, in die Zukunft – welche Zukunft, ich kann sie nicht erkennen. Ich kann da nicht mit, bei diesem: Nun mal los, Augen zu und durch und die Ärmel hochgekrempelt, irgendwie geht's schon weiter, wär ja gelacht, wenn wir das nicht hinkriegten …
Ich brauch noch Zeit, ich kann da nicht mit.
Was uns nicht umbringt, macht uns nur noch härter …
Wo soll ich denn hin mit meiner Last? Wohin denn mit dem, was meine Augen gesehen haben, meine Ohren gehört? Schließe ich die Augen, dann sind sie da, die Bilder, die ich nicht vergessen kann, Bilder von dem, was Menschen Menschen antun können.
Nicht absehen können, irgendwann muss doch mal Schluss sein, denk einfach nicht mehr daran.
Die Bilder in meinem Kopf sind stärker; sie werden mich immer heimsuchen und ich will meine Kraft auch nicht darauf verwenden, sie zuzuschütten; es gelänge mir ja auch nicht. Wie willst du denn weiterleben, wenn du nicht endlich einen Schlussstrich ziehst?
Diese Möglichkeit existiert nicht für mich; mein Blick ist nicht nach vorn gerichtet, er ist gebannt von der Katastrophe. Worum es für mich geht, wie auch immer nur gehen kann:
Stehen bleiben, genau hinsehen, das Furchtbare in seiner Fürchterlichkeit wahrnehmen und erkennen, dass mein Leben niemals frei davon sein wird: das ist meine Möglichkeit, meine einzige, die mir vielleicht zum Weiterleben verhilft, die mich vielleicht erstarren lässt.

Leitmotiv Musik

Lesetext III: Lots Frau hat viele Schwestern

Lots Frau hat viele Schwestern.
Ich denke an Niobe aus der griechischen Sage.
Ein Kind nach dem anderen traf der tödliche Pfeil.
Und sie erstarrte zu Stein.
Als Marmorfelsen ist sie zu sehen.
Und unaufhörlich strömen Tränen aus ihren felsigen Augenhöhlen.

Ich denke an die Mutter von Mark.
Ihr Junge starb im Alter von 5 Jahren an einem Knochensarkom.
Sie kommt nicht darüber hinweg.
Ihre Ehe ging dadurch in Scherben.
Sie fühlt sich selber wie tot und starr.
Sie hat das Gefühl der großen Leere.
Sie lebt wie ein Automat.
Sie hat keinen Platz mehr unter den Menschen.
Sie hat das Gefühl, nie wieder Freude am Leben haben zu können.

Ich denke an die Frau von Manfred.
Ihr Mann starb bei einem Verkehrsunfall auf der Rückfahrt vom Urlaub,
weil jemand leichtsinnig überholte.
Ihr Kind war erst ein Jahr alt, sie selber 24.

Er hat so viel von ihr mitgenommen ins Grab.
Manchmal frage ich mich, ob noch genug bleibt zum Leben.
Ich denke an Martha. Sie hat vor 50 Jahren ihre Heimat
und ihr Zuhause in Ostpreußen verloren.
Nie hat sie wieder Wurzeln schlagen können.

Manchmal, da werden wir nicht mehr klug aus den Rätseln, die uns das
Leben aufgibt,
aus dem Leben mit all seiner Wirrsal,
mit all seinen chaotischen Verschlingungen,
mit seinen Ballungen von Pech und sinnlosem Zufall.
Menschen vor Trümmern,
Menschen am Grab einer Hoffnung,
vor den Scherben vergangenen Glücks –
Lots Frau hat viele Schwestern.

Leitmotiv Musik

Tanz: Frauenschutztanz (siehe „Tanzbeschreibungen", Seite 125)

Gespräch: Jede Frau bekommt ein Salzbeutelchen geschenkt. Dieses tauscht sie mit einer Frau, mit der sie ins Gespräch kommen möchte. Sie tauschen sich über die Frage miteinander aus: Wo komme ich in der Geschichte vor?

Lied: Du sammelst meine Tränen
(in: Du, Eva, komm, sing dein Lied. Liederheft zur Ökumenischen Dekade „Solidarität der Kirchen mit den Frauen", hrsg. von der Beratungsstelle für Gestaltung von Gottesdiensten, Frankfurt a. M.)

Meditative Schlussbetrachtung: Hätte sie doch auf den Engel gehört! Gar nicht erst hinschauen. – Das kennen wir von uns selbst. Es ist ein menschlicher Versuch, mit dem Leben und seinen leidvollen Erfahrungen fertig zu werden.
Frau Lot versucht einen anderen Weg, doch dieser muss scheitern:
Sie sieht zurück in die Vergangenheit, anstatt in die Zukunft zu blicken. Sie klammert sich an das Gestern, kann nicht los von dem, was passiert ist. Doch der Schmerz hält sie gefangen. Das Leiden macht sie blind für das, was vor ihr liegt und taub für alles, was um sie herum geschieht.

„Als Lots Frau zurückblickte, wurde sie zu einer Salzsäule."
Das Versteinern durch Angst und Entsetzen.
Die absolute Bewegungsunfähigkeit im Angesicht der Zerstörung.
Versteinert, bewegungsunfähig und stumm.

Hätte sie doch auf den Engel gehört!
„Sieh dich nicht um und bleib nicht stehen!", warnt er. Gib Acht auf dich, überfordere dich nicht! Du brauchst erst neuen Boden unter den Füßen.
Abstand brauchst du. Der Blick zurück ja – aber mit gestärktem Rücken. Sieh dich nicht um und bleib nicht stehen!
Suche dir den Abstand, den du brauchst, um dich zu schützen. Nimm dich und deine Verletztheit ernst. Liefere dich dem Schrecken nicht aus. Warte auf den kairos, auf deinen richtigen Augenblick.

„Schlecht ist alles, was zur Unzeit sich ereignet", ist ein Ausdruck des im zweiten Jahrhundert n. Chr. lebenden Römers Artemidor von Daldis. Frau Lot blickt sich zur Unzeit um. Alles hat seine Zeit, heißt es im Prediger Salomo. Auch das Warten hat seine Zeit. Das Warten und Hören auf die Botschaft von Engeln.

Gebet
Gütiger Gott, sende uns einen Engel zur rechten Zeit,
damit wir bewahrt werden vor dem Unglück.
Öffne unsere Ohren und Herzen,
damit wir auf seine Botschaft hören.
Amen.

Tanz: Segenstanz (siehe Kapitel „Tanzbeschreibung", Seite 131)

Sendung
Friede sei mit dir
ruhig wie eine Straße, die sich dahinzieht,
ruhig wie die sich verströmende Luft,
ruhig wie die tiefe Erde,
ruhig wie die funkelnden Sterne,
ruhig wie die sanfte Nacht.

Mond und Sterne mögen ihre Strahlen
über dich ausgießen
und dich einhüllen in einen Mantel aus Licht.

Der Friede Gottes sei mit dir,
und das Licht der Welt, das deinen Weg hell macht.
Amen.

(unter Verwendung eines Segens von W. Lafayette, in: Die tägliche Erfindung der Zärtlichkeit, siehe Literaturverzeichnis, Seite 133)

3.3 Judit und Holofernes

Dekoration: Typische „Waffen der Frau", z. B. Spiegel, Ketten, Kosmetika, schöne Sandalen, Kämme etc.

Begrüßung
„Gott, schaffe mir Recht und führe meine Sache
wider das unheilige Volk
und errette mich von den falschen und bösen Leuten!
Denn du bist der Gott meiner Stärke!"

Mit diesen Worten aus Psalm 43 begrüße ich euch und Sie herzlich zu diesem Gottesdienst.
„Gott, schaffe mir Recht und führe meine Sache wider das unheilige Volk. Du bist der Gott meiner Stärke!" – diese Worte könnten aus dem Mund der mutigen Judit stammen. Sie und ihre Geschichte werden uns in diesem Gottesdienst begleiten und uns anregen, über das Recht und Unrecht von Gewalt nachzudenken.

Lied: Schenk uns Weisheit, schenk uns Mut
(in: Wenn Himmel und Erde sich berühren, EG Nr. 119)

Impuls: *(Die folgenden Impulse werden von Frauen aus unterschiedlichen Ecken des Raumes gelesen.)*
Schaffe mir Recht – Recht auf Gewalt?
Gewalt – gewaltig – Gewaltenteilung
seines Amtes walten – gewalttätig – eine Sache bewältigen
vergewaltigen – wortgewaltig – jemanden überwältigen
Gewaltpotential – es walte Gott

Woran denkt ihr, wenn ihr diese Wortimpulse hört?
(Assoziationen werden von einer Frau auf Wortkarten aufgeschrieben.)

Gewaltworte, gewaltige Worte – mit Distanz angucken, sich dem aussetzen ... *(Stille)*

Gebet
Lasst uns miteinander Fürbitte halten:
Barmherziger Gott, unsere Welt ist voller Gewalt.
Jeden Tag passiert Unrecht:
Menschen zerstören sich und ihre Lebensgrundlagen in
erbarmungslosen Kriegen.
Kindern wird das Recht auf eine heile Kindheit genommen.
Mauern von Beton umgeben sie,
der Wettlauf mit der Technik nimmt auch ihnen den Atem.
Immer noch ist die Gemeinschaft zwischen Männern und Frauen ein
Wunschtraum. Frauen und Kinder werden Opfer sexueller Gewalt.
Barmherziger Gott,
hilflos und wütend fühlen wir uns angesichts von so viel Unrecht.
Erbarme dich unser. Kyrie eleison.

(Das orthodoxe Kyrie eleison wird dreimal hintereinander gesungen)

Tanz: Menoussis – griechischer Klagetanz
(siehe Kapitel „Tanzbeschreibung", Seite 124)

Impuls: Welche Rolle spielen Frauen im Teufelskreislauf der Gewalt?
(Hier besteht die Möglichkeit eines Rundgespräches)

Nacherzählung der Geschichte: *(Kurze Überleitung zum Erzähltext; eventuelle Erzählpausen durch ein musikalisches Leitmotiv, z. B. mit Querflöte)*

Der Oberbefehlshaber Holofernes besetzt im Auftrag des Königs Nebukadnezzar mit seinen Truppen das Gebiet von Jesreel, das vor dem großen Gebirgszug von Judäa liegt. Er wird begleitet von vielen Hilfsvölkern, die er bereits besiegt hat. Die Israeliten, vor kurzem erst aus der Gefangenschaft in Babylon zurückgekehrt, fürchten um Jerusalem und ihr Heiligtum. Die Israeliten schicken Boten herum, damit alle Bergkuppen besetzt werden und das Volk sich mit Lebensmitteln versorgt. Sie flehen Gott um Rettung an. Holofernes ist wütend, dass sich die Israeliten nicht ergeben wollen. Er fragt den Anführer der Ammoniter Achior, was er über das Volk im Bergland wisse. Achior verkündet, dass die Israeliten – sofern sie nicht vor ihrem Gott gesündigt haben, wie damals vor Babylon – unschlagbar seien. Er rät Holofernes, Abstand von den Israeliten zu nehmen, wenn diese sich nichts vor ihrem Gott zuschulden haben kommen lassen. Dann nämlich würde ihnen ihr Gott zu Hilfe kommen, und Holofernes hätte keine Chance. Holofernes liefert daraufhin Achior den Israeliten aus. Achior berichtet ihnen alles und wird dafür am Leben gelassen.

Am nächsten Tag befiehlt Holofernes seinem Heer, die Gebirgspässe zu besetzen und den Kampf gegen die Israeliten zu beginnen. Sein Lager eröffnet er an den Quellen vor der Stadt Betulia. Die Heerführer der Hilfsvölker raten Holofernes, die Israeliten nicht mehr an die Quellen zu lassen, so hätte er einen leichten Sieg. Holofernes befolgt den Rat. Es herrscht Wassermangel in Betulia, die Zisternen trocknen aus, die Verzweifelung innerhalb der Bevölkerung wächst. Da schlägt Usija, einer der leitenden Ältesten vor, die Stadt innerhalb von fünf Tagen aufzugeben, sofern ihnen Gott nicht Hilfe schicken würde.

(Musikalische Unterbrechung, andere Erzählerin)

Davon erfährt Judit, eine reiche und schöne Witwe und gottesfürchtige Frau. Sie beschimpft die Ältesten der Stadt, so leichtfertig Gott auf die Probe zu stellen. Sie sollten Gott nicht zum Zorn reizen. Er würde ihr Flehen erhören, wenn es seinem Willen entspräche. Judit sieht die Besetzung als Prüfung Gottes. So schlägt sie vor, zu Gott zu beten, um ihm zu zeigen, wie sehr ihnen an dem Heiligtum gelegen sei.

Judit kündet eine Tat an, von der man noch in fernster Zeit erzählen wird. Sie betet intensiv zu Gott, sie in ihrem Vorhaben zu unterstützen. Seine Macht stützte sich nicht auf eine große Zahl. Auch durch die Hände einer Frau könne die Rettung erfolgen. Judit zieht ihre Trauergewänder aus und bereitet sich sorgfältig auf die Begegnung mit Holofernes vor.

(Musikalische Unterbrechung, andere Erzählerin)

Den Wachen erzählt sie, sie sei vor den Hebräern geflüchtet und wolle Holofernes eine zuverlässige Nachricht bringen, wie er das Bergland in seinen Besitz bringen könne, ohne einen seiner Leute zu verlieren. Von der Schönheit und den Worten Judits betört, gewinnt sie das Vertrauen von Holofernes. Sie schmeichelt ihm und gibt ihm zu verstehen, sie sei auf seiner Seite. Die Hebräer seien auf dem besten Wege, Gottes Zorn zu reizen, indem sie Unerlaubtes täten. Nun, da ihre Lebensmittel ausgingen, würden sie verbotene Nahrung zu sich nehmen, indem sie Weihegaben essen. Holofernes solle auf ihre Seherinnengabe vertrauen. Sie sei eine gottesfürchtige Frau und werde zu ihrem Gott beten. Er gäbe ihr ein Zeichen, wann sie ihre Sünden begingen. Dann könne Holofernes angreifen. Judit gelingt es auf diese Weise, nachts das Lager zu verlassen, um zu beten und ein rituelles Bad zu nehmen. In Reinheit kehrt sie jeden Tag ins Lager zurück. Auch isst sie nur ihre mitgebrachten Lebensmittel.

(Musikalische Unterbrechung, andere Erzählerin)

Judit ist zu einem Gastmahl eingeladen. Holofernes betrinkt sich sinnlos. Die Diener verlassen das Lager, und Holofernes bleibt mit Judit allein. Als er eingeschlafen ist, schlägt sie ihm den Kopf ab. Mit ihrer Dienerin und dem Kopf des Holofernes kehrt sie unbehelligt nach Betulia zurück. Der Kopf des Holofernes wird an den Zinnen der Stadtmauer aufgehängt. Judit schlägt vor, dass die Truppen einen Angriff vortäuschen sollen. Dadurch würden sich alle feindlichen Truppen zu Holofernes begeben. Wenn sie den toten Heerführer sähen, packe sie der Schrecken und sie würden fliehen. Dann hätten die Israeliten die Kraft, sie anzugreifen. Genau dies passiert. Die feindlichen Truppen werden geschlagen. Judit wird als Heldin gefeiert. Sie schlägt einen Lobgesang auf Gott an, und auch das Volk dankt Gott. Solange Judit lebt und noch darüber hinaus, wagt niemand, die Israeliten anzugreifen.
(nach dem Buch Judit in den Apokryphen)

(Musikalische Unterbrechung)

Impuls: Judit, eine starke und schöne Frau. Sie rettet ihr Volk. Sie rettet, indem sie Gewalt anwendet. Sie ermordet einen Menschen. Sie tötet im Einvernehmen Gottes. Und wird als Heldin gefeiert. Was löst sie in Euch aus?

Die Frauen tauschen sich aus.

Meditation:
Gott, du bist der Gott meiner Stärke. Du weißt, wo Unrecht herrscht. Verändere mit mir ein Stückchen der Welt. Schaffe Recht durch meine Worte und Taten.

Bleibt bei Euch selbst und überlegt, wo ihr Stärkung und Mut braucht. Ihr könnt Gott im stillen Gebet darum bitten. *(Stille)*

Lied: Du, Gott, stützt mich ... (in: Du, Eva, komm, sing mein Lied)

Gebet
Barmherziger Gott,
deine Macht stützt sich nicht auf die große Zahl,
deine Macht braucht keine starken Männer,
sondern du bist der Gott der Schwachen
und der Helfer der Geringen;
du bist der Beistand der Armen,
der Beschützer der Verachteten
und der Retter der Hoffnungslosen.

Schenke uns, Gott, den Mut,
unsere Hilflosigkeit zu überwinden,
gib uns, Gott, die Kraft des Widerstands gegen das Unrecht,
mache uns stark, für Gerechtigkeit in dieser Welt zu kämpfen.
Du bist der Gott meiner Stärke. Amen.

Segen
Möge Gott dich in seiner Hand halten
und dich stärken in Zeiten der Hoffnungslosigkeit.
Möge Gott dir einen Weg bereiten
für schwierige Prüfungen in deinem Leben.
Gott stärke dich und gebe dir Mut
an diesem Tag, für diese Nacht.

3.4 Abigajil – oder: Vom Umgang mit Macht

(1. Samuel 25, 1-44)

Votum – Begrüßung – Verortung
Wir feiern diesen Gottesdienst zum Internationalen Frauentag im Namen Gottes. Gott ist der Ursprung allen Lebens und hat Frauen und Männer sich zum Ebenbild erschaffen. Jesus Christus ist uns den Weg zu den Menschen am Rande vorausgegangen. Gottes Geist verbindet uns heute mit Frauen, die überall auf der Welt leben, lieben, leiden und kämpfen.

Zu diesem Gottesdienst zum Internationalen Frauentag begrüße ich Sie und euch.

Im Rahmen der Aktionswoche haben Frauen Theater gespielt und dabei ihre Diskriminierung als Ausländerinnen zum Thema gemacht.
Die ungeschützten Arbeitsverhältnisse von Frauen war Diskussionsgegenstand, und die Abschaffung dieser ausbeuterischen Beschäftigungsverhältnisse wurde gefordert.
Kunst als Darstellung von Frauen-Selbstbewusstsein und Frauen-Geschichte wurde gezeigt. Eine Politikerin hat ihre Erfahrungen vorgetragen. Der Spaziergang heute Morgen sollte Braunschweig als unsere Stadt der Frauen in Besitz nehmen.
Und in dieses breite Spektrum von Frauen-Aktivitäten stellen wir den heutigen Gottesdienst, der uns bekannt macht mit Abigajil, „der klugen Frau eines dummen Mannes", so die Kapitelüberschrift in der modernen Bibel „Die gute Nachricht".

Lied: Wir strecken uns nach dir (in: Wenn Himmel und Erde, EG Nr. 51)

Erzählender Einstieg in die Geschichte
David versteckte sich in der Wüste Maon vor seinem Verfolger Saul. Mit ihm waren etwa 400 Mann, rauhe Gesellen, die sich David angeschlossen hatten. Nun war da ein Mann in Maon, der hatte sein Anwesen in Karmel, und der Mann war sehr vermögend. Er war gerade mit der Schafschur in Karmel beschäftigt.

Der Mann hieß Nabal, seine Frau aber hieß Abigajil. Die Frau war klug und von schöner Gestalt. Der Mann aber war roh und bösartig. Als nun David in der Wüste hörte, dass Nabal bei der Schafschur sei, schickte er zehn seiner Leute und befahl ihnen, zu Nabal zu gehen und ihm zu sagen: „Ich habe deinen Hirten, die bei uns gewesen sind, nichts getan und es ist ihnen nichts abhanden gekommen, solange sie in Karmel waren. So sei gütig gegen meine Leute und gib ihnen und mir, was du gerade hast." Die Leute Davids überbrachten Nabal den Auftrag Davids und warteten dann. Nabal aber sagte: „Wer ist David? Es gibt heute genügend Männer, die herumziehen. Soll ich mein Brot und meinen Wein und mein Schlachtvieh, das ich für mich geschlachtet habe, Leuten geben, von denen ich nicht weiß, woher sie kommen?"
Da gingen die Leute Davids ihres Weges und kamen zurück. David war darüber sehr wütend und befahl seinen Männern, sich zu bewaffnen. Der Abigajil aber, der Frau Nabals, hatte einer von den Leuten berichtet: „Hast du gesehen? David hat Boten aus der Wüste gesandt, aber Nabal fuhr sie an. Nun sind doch die Männer sonst sehr gut mit uns. Und es ist nichts passiert, solange wir mit ihnen herumzogen. Nun überlege gut, was du tun willst, denn David hat beschlossen, uns alle dafür zu töten."
Da nahm Abigajil schnell zu essen und zu trinken und lud es auf einen Esel. Ihrem Mann Nabal sagte sie jedoch nichts davon. Während sie nun, vom Berge verdeckt, auf dem Esel hinabritt, stieß sie plötzlich auf David und seine Leute, die ihr entgegenkamen. 400 Männer standen zum Töten bereit. Sie, die Unbewaffnete, trat ihnen entgegen und warf sich zu Boden, zu Davids Füßen. Sie sprach: „All das, was du heute vorhast, soll nicht geschehen, denn mein Mann hat nicht richtig gehandelt. Sei doch nicht so dumm und nimm Schuld dafür auf dich. Gott hat viel Größeres mit dir vor." Und David war beeindruckt von ihrer Rede, nahm die Gaben, die ihm Abigajil mitgebracht hatte. Zu ihr aber sprach David: „Ziehe in Frieden wieder in dein Haus hinauf."
Als Abigajil zu Nabal kam, hielt er in seinem Haus ein Gelage wie ein König, und Nabals Herz war guter Dinge. Daher sagte sie ihm nichts. Am Morgen aber, als der Rausch von Nabal gewichen war, erzählte ihm seine Frau, was vorgefallen war. Da erstarrte ihm das Herz im Leibe, und er wurde wie ein Stein. Nach zehn Tagen starb Nabal. Als David hörte, dass Nabal tot war, sandte er einen Boten zu Abigajil, um sie zu fragen, ob sie seine Frau werden mochte, und sie willigte ein.

Lied: Wenn eine zu reden beginnt (in: Weitersagen)

Entfaltung des Textes in vier Stationen: *Es befinden sich auf mehreren Tischen oder auf dem Boden diverse Utensilien, die jeweils den Stationen zuzuordnen sind.*

a) Abigajil und die Männer
Utensilien: von der selbst gestrickten Socke bis zum Laptop usw.
… und Abi sieht sich ihre Männer an …
Der eine ist ihr Ehemann.
Der Zweite meint es gut mit ihr.
Den Dritten holt sie sich.

Mit dem lebt sie: Nabal, der hat es zu etwas gebracht, wenn auch weniger zu Ansehen oder gar Beliebtheit, so doch zu gewissem Reichtum. Er bietet ihr finanziell gesichertes Leben, und dann und wann ist er bei der Zuteilung des Haushaltsgeldes für Abi sogar großzügiger, als er es seinen Arbeitern gegenüber ist. Natürlich gibt's keinen Luxus, schließlich muss eine Frau das Geld zusammenhalten können. Und auch keine Frage, dass sie dafür im großen Haus und Betrieb hart ran muss. Wäre ja noch schöner, wenn sie sich als Dame aufspielen würde.
Klar, dass es ihr gut geht bei so einem unbeschwerten Leben – welche Frau hat es schon so gut getroffen? Ja, der Nabal kann seiner Frau schon was bieten: und was haben sich andere Leute einzumischen, die behaupten, er sei roh und böse und trage schon den passenden Namen: Nabal, das bedeutet „Dummkopf/Narr".
Ach was, da weiß die Abi es doch besser: Manchmal, wenn er Lust hat, kann er sogar richtig nett zu ihr sein, auf seine Weise. Wird ihr schon gefallen, seiner schönen Ehefrau. Er hat sie eben richtig im Griff. Nur ihre Klugheit, die ist ihm bisweilen doch ein wenig unheimlich. Man muss sie im Zaum halten, sonst kommt sie noch auf dumme Gedanken.

… und Abi sieht sich ihre Männer an …

Auch den, der es gut mit ihr meint: er kommt heimlich zu ihr und klagt ihr sein Leid, würde ja letztlich auch sie selbst treffen: Das überaus unfreundliche, rohe Verhalten ihres Ehemannes bringt schließlich alle in

Gefahr. Statt klug mit den Soldaten Davids zu verhandeln, hat der Hausherr und Arbeitgeber sie einfach davongejagt.
Frauen sind doch so einfühlsam, können so gut reden – kann Abi nicht was tun? Frauen fällt doch immer etwas ein – schließlich sind sie ja die eigentlich Starken, waren das schon immer. Abi, ich hab dich schon immer besser verstanden als dein blöder Ehemann – ich finde, dies ist eine gute Gelegenheit, ihm mal zu zeigen, was in dir steckt.
Und überhaupt: ich wollte dir schon immer mal sagen, wie toll ich das finde, wie du so im Verborgenen deine Sache machst, wie du im Hintergrund deine Fäden spinnst, dass du für dein Selbstbewusstsein gar keine große Bühne brauchst. Was wär' die Welt ohne Frauen wie dich?

… und Abi sieht sich ihre Männer an …

Schließlich den Dritten: den David – jung ist er und mutig, mit der Aura der Verwegenheit umgeben, und es wäre gelogen, würde sie sagen, er gefiele ihr nicht. Abi braucht keinen Märchenprinzen, aber es macht ja auch nichts, wenn er nebenbei trotzdem so gut aussieht. Abi sucht auch keinen Dummkopf, schließlich will sie mit ihm verhandeln, und das nicht gerade um weniger als Haus und Hof, Leib und Leben.
Und wenn sie nun Klugheit und Charme gegen Einfluss und Stärke einsetzt, dann wissen beide, woran sie sind. Dass David danach, nach Abis erfolgreicher Argumentation, ganz generös Lob und Komplimente ihrer Klugheit wegen an sie verteilt – ach ja, das tun sie dann eben gern – ist auch ein Teil des ernsten Spiels. Aber aufgepasst: Dann kommt's drauf an, dass frau sich davon nicht beeindrucken lässt, nicht wieder das kleine Mädchen wird, das vor Freude ganz rote Wangen kriegt, wenn es vom klugen Schulmeister gelobt wird.

Es sieht auch nicht so aus, als würde Abi dies tun, sich vom Lob des großen David beeindrucken lassen. Abi geht nach Hause und erlebt wenige Zeit später, wie ihr Ehemann vom Schlag getroffen wird. Und bis die Boten Davids mit dem Heiratsantrag kommen, hat sie sich vermutlich gut überlegt, was sie will.
Die Alternativen: Sie kann die Ehefrau eines designierten Königs werden, wenn dies auch bedeutet, eine unter mehreren zu sein. Oder: Sie bleibt die Witwe eines reichen Bauern. Sie wäre auf diese Weise beteiligt an Aufstieg und Macht Davids und würde First bzw. Second Lady. Oder:

Sie bekommt als Witwe einen männlichen Vormund aus ihrer Familie vorgesetzt. Als Witwe wäre sie abhängig von ihrer Familie, würde im Haus ihres ältesten Bruders oder ihres Schwagers leben müssen, und wer weiß, was das dann für einer ist. Als Ehefrau des strahlenden Helden David, dem sie selbst eine glänzende Zukunft vorausgesagt hat, weiß sie, wie sie mitmischen kann und sie weiß, dass auch David weiß: Diese Frau lässt sich nicht die Butter vom Brot nehmen.

… und Abi sieht sich ihre Männer an … und Abi geht auf Davids Angebot ein. Abi will noch mehr vom Leben, und dies ist momentan das beste, was sie kriegen kann.

Musikalisches Zwischenspiel

b) Abigajil und die Tradition
Utensilien für die zweite Station: (Rosinen-)Brot, Rosen, Rosenöl

Abigajil – sie schöpft aus dem Vollen. Mit dem, was sie David anbietet an Nahrung und Leckereien, mit der Art ihres Auftretens, voller Klugheit und überzeugender Ausstrahlung, mit der göttlichen Vorhersage: Du David – jetzt noch Rebell – du wirst einmal Fürst in unserem Land sein. Sie schöpft aus dem Vollen.
Einmal tief Luft holen und das Bild beschreiben, das sich da bot: außerhalb der Siedlung, in der Abigajil wohnte, eine unwirkliche Gegend – Berge, Wüste. Dort treffen sie aufeinander: 400 bewaffnete, kampfbereite Männer um David herum und Abigajil, eine Schönheit, und das an diesem Ort. Und alles um sie herum lässt das Wasser im Munde zusammenlaufen: zweihundert Brote, Wein, zubereitete Schafe, Röstkorn und hundert Rosinenkuchen und zweihundert Feigenkuchen – das duftet, das ist etwas fürs Auge, der Körper reagiert. Farbe, Duft und Süßigkeit verwandelt tödliche Atmosphäre in Lebenslust.
Abigajil, umgeben von der übermächtigen patriarchalen Gesellschaft – hier sind es bewaffnete Männer, zu Hause ein mächtiger und zugleich heilloser Ehemann. Abigajil handelt: zielgerichtet, klug, weiblich. Wo hat sie das her, so aus dem Vollen zu schöpfen? Sie ist Besitz ihres Mannes, rechtlos. Von der Stellung im Alten Israel waren Frauen, wie auch Kinder den Sachwerten zugeordnet. Sie muss einen Raum gehabt haben, in dem sich ihr Selbstbewusstsein entwickelte. Wo dieser Raum zur

Selbstentfaltung war, erfahren wir nicht. Das macht die Geschichte ja gerade interessant, denn wir suchen nach Erklärungen, und dabei schauen wir unweigerlich uns selbst an.

Abigajil hat den Esel aufgeladen, was David zustand, dafür, dass er mit seinen Männern das Eigentum von Nabal geschützt hat. Abigajil gibt ihm seinen Teil und noch ein paar Leckereien dazu. Sie verfügt ohne Zögern über das, was zwar Eigentum ihres Mannes, aber irgendwie auch Dinge ihres Haushaltes sind – jedenfalls großzügig ausgelegt. So verhindert sie das Schlimmste, macht wieder gut, durch sie ist Frieden wirklich erlebbar. Shalom. Und dann diese Formel: So wahr der Herr lebt und du lebst – voller Autorität spricht sie David auf seinen Glauben an. Sie schöpft auch hier aus dem Vollen: Du, unser künftiger Fürst, wirst dich doch nicht mit unnützen Morden belasten. Es wäre die Konsequenz, die David unweigerlich ziehen würde: alles Männliche töten, Frauen und Kinder als Kriegsbeute. Abigajil bietet die Alternative, ohne Gesichtsverlust, sogar mit Gewinn aus der Situation herauszukommen. Sie prophezeit David, dem Rebellen, seine zukünftige Königsherrschaft. Diese Herrschaft, für die dich Gott doch schon vorgesehen hat, wirst du doch mit weißer Weste antreten wollen. Rache ist auch in Davids Augen Got-tes Sache. Und Abigajil versteht es, mit Sprache umzugehen: „Dein Leben sei eingebunden in das Bündlein des Lebendigen, aber das Leben deiner Feinde soll Gott fortschleudern mit der Schleuder." Ein Bild aus der Lebenswelt Abigajils und Davids. Dein Leben sie eingebunden in das Bündlein des Lebendigen, aber das Leben deiner Feinde soll Gott fortschleudern mit der Schleuder.

Abigajil macht Segen erfahrbar, sie schöpft aus dem Vollen ihrer Gaben. Was sie austeilt, nährt Körper und Seele zugleich.

Dies wollen wir feiern! Mit Symbolen von damals und heute. Rosinenbrote mögen auch unsere Atmosphäre ein wenig in Lebenslust verwandeln. Und die symbolischen Rosen nehme eine jede mit oder verschenke sie – vielleicht mit einem persönlich hinzugefügten Wort aus diesem Gottesdienst?!

Die Frauen stärken sich mit Rosinenbrot. Sie nehmen sich Rosen bzw. schenken sie einer anderen Frau.

Musikalisches Zwischenspiel

c) Abigajil und politisches Handeln

Utensilien: Trillerpfeife, Gesetzessammlung, aber auch Pumps und Lippenstift

Da kommt Abigajil nun zu David: Nett, devot und um Ausgleich bemüht. Sie kommt beladen mit Nahrung, um zu besänftigen, um David und seine Männer zu versorgen, zu bestechen, denn der Friede steht auf dem Spiel.

Es klingt wie eine alte Geschichte: Männer verursachen den Schaden, und Frauen baden es aus. Frauen retten den Frieden, die Harmonie und das Wohlbefinden der Männer.

Sind Frauen also bessere Diplomaten? Oder haben sie gelernt, dass dies eine brauchbare Überlebensstrategie ist?

Abi setzt sie schon sehr geschickt ein, die Waffen der Frauen, vor denen Männer angeblich so viel Angst haben. Sie rettet durch ihren Kniefall ihre Habe und das Leben und korrigiert den schweren Fehler ihres Mannes. So, wie das Frauen schon immer in der Geschichte getan haben. Vielleicht, weil sie mehr um die Bedrohung des Lebens gewusst haben und weil sie diese sahen und nicht hinnehmen wollten: in Sellarfield, in den Straßen von Belfast, in den Townships von Soveto … Sie tun mit ihren Mitteln das einzig Richtige: Handeln und sich nicht einschüchtern lassen.

Abigajil handelt mit ihren Mitteln, die mir heute fast schon unterwürfig erscheinen. Denn die Frage bleibt: wo ist die Grenze zwischen Selbstaufgabe und politischem Kalkül, zwischen Anpassung und Widerstand? Beginnt die Selbstaufgabe schon mit Hackenschuhen und Lippenstift? Sind das schon Zugeständnisse an das Patriarchat? Es ist die Frage der Frauenbewegung und der ihr nachfolgenden Generationen.

Was heißt „Weiblichkeit"? Es gibt eine Weiblichkeit, die Männer überhaupt nicht mögen: schreiende, hysterische Frauen, nervige und nöhlende Frauen. – In der Bibel gibt es noch einen anderen Satz: Seid klug wie die Schlangen. Das trifft doch wohl eher!

All das beinhaltet politisches Handeln: Fantasie in den Aktionen mit Pfeifen, Tüchern, Kochtöpfen; Schweigen und Fordern; Wissen im Gesetz als Macht der Worte und das Besinnen auf die eigenen Kräfte.

Auch Abigajil nimmt diese Kräfte wahr. Sie segnet den zukünftigen König. Das ist ihr Anteil an der Macht.

Uns Frauen rettet eben kein Märchenprinz, weder in der Politik noch in der Kirche. Es kommt auf unser Handeln an. Wir müssen die Dinge selbst in die Hand nehmen wie Abigajil und wir haben die Wahl über die Waffen, aber alles zu seiner Zeit. Der Umgang mit der Macht der Männer erfordert es, klug und listig, aber nicht käuflich zu sein, selbstbewusst, aber nicht dogmatisch.

Macht haben heißt, Verantwortung zu tragen, für die Menschen, die uns anvertraut sind. Abigajil bekommt am Ende ihren Anteil an der Macht. Sie wird die Frau eines Königs. Ihr Einsatz ist mehr als nur eine alte Geschichte. Es ist das Zeichen weiblicher Weisheit.

Musikalisches Zwischenspiel

d) Abigajil und ihre Schwestern
Utensilien: viele kleine und große Spiegel

Abigajil hatte ihre Art, mit den Mächtigen umzugehen. Hier bei der vierten und letzten Station soll es um Abigajil und ihre Schwestern gehen. Und wenn Ihr euch als Schwestern begreift, ist hier die Möglichkeit, einander mitzuteilen, welche Wege ihr seht, mit Macht umzugehen. Im Spiegel können wir uns selbst sehen. Abigajil musste handeln – gibt es für uns Situationen, in denen wir handeln müssen und mussten?

Wir sind in vielfältiger Weise der Macht ausgesetzt. Und wir sind nicht machtlos.

So haben Frauen in unterschiedlicher Weise und mit viel Fantasie Möglichkeiten gesucht, ihre Forderungen durchzusetzen. Einige Symbole aus der heutigen Zeit sind hier gesammelt.

Frauen aus Irland benutzten vor ca. 15 bis 20 Jahren Trillerpfeifen, um sich für Frieden in ihrem Land einzusetzen.

In Belgrad hat das Krachmachen mit den Töpfen einiges bewirkt.

Die lila Buttons unterstützen eine Aktion, die sich mit den Frauen in Schwarz in Palästina in ihrer Forderung nach einer Welt ohne Gewalt und Vergewaltigung solidarisiert. Auch in unserer Landeskirche wird diese Aktion von Frauen mitgetragen.

Wir sind nicht machtlos, und eine jede muss ihren Weg finden, ihre Forderungen durchzusetzen. Wir sind Schwestern Abigajils. Sucht euch ein Utensil aus den drei vorherigen Stationen, die ihr gebrauchen könnt im

Umgang mit Macht, im Kampf für Menschenrechte und legt diesen Gegenstand an die vierte Station mit den Spiegeln.

Die Frauen suchen sich einen Gegenstand. Es besteht auch die Möglichkeit, weitere Ideen auf Karten zu schreiben und dazuzulegen.

Lied: Brot und Rosen (in: The Liberated Women's Songbook)

Erklärung: Zum Feiern unserer Segensgaben gehört auch das Singen. 1912 entstand bei einem Streik von 14 000 Textilarbeiterinnen das Lied „Brot und Rosen". Sie wollten nicht nur das Nötigste zum Leben, sie wollten auch Lebenslust! Durch das Singen auf den zahlreichen von Frauen initiierten Demonstrationen wurde dieses Lied zum Motto der Frauenbewegung.

Fürbittengebet
Gott, wir bitten dich für die Frauen in dieser Stadt,
für all die, die an diesem Ort leben,
arbeiten und sich einsetzen für andere.
Lass uns in deinem Geist der Liebe und des Vertrauens
füreinander da sein.
Lass uns einander verstehen und annehmen,
auch dort, wo wir uns nicht einig sind.

Lasst uns bitten für die Menschen in unserer Stadt,
besonders auch für alle, die unter Ungerechtigkeit leiden.
Gott hilf uns, dass wir nicht mutlos werden,
sondern lass uns nach mehr Gerechtigkeit
und nach Lebensmöglichkeiten für die Zukunft suchen.

Lasst uns auch bitten für die,
die in der Öffentlichkeit Verantwortung tragen.
Lass sie ihre Macht nicht missbrauchen,
sondern zum Wohl der Menschen und für ihre Würde einsetzen.
Uns aber hilf, dass wir kritisch und mutig daran arbeiten.

Lasst uns auch bitten für die Menschen in aller Welt,
besonders für die, die hungern und verhungern,
für die, die unter Krieg und Unterdrückung leiden.

Gott, überwinde die Unbarmherzigkeit durch deine Liebe,
gib, dass auch andere die Not sehen und anfangen zu helfen.

Zeige uns, wo wir im Geiste Jesu Christi an Frieden und
Befreiung mitarbeiten können,
dass wir nicht neues Leid und Unrecht fördern.

Gott, durch dich haben wir Leben und Verantwortung,
dafür danken wir dir.
Im Namen Jesu vertrauen wir darauf,
dass du uns gibst, was wir brauchen.

Vater unser

Segen
Geht in die Welt und gebraucht eure Klugheit.
Lasst euch nichts vormachen.
Und Gottes Geist ermutige euch.

Geht in euren Alltag und gebraucht eure Stärke.
Lasst euch nicht zerstören.
Und Gottes Kraft sei eure Quelle.

Geht in euer Leben und seid ihr selbst.
Lasst euch nicht klein machen.
Und Gottes Geist beflügele euch,
heute, morgen und in alle Zeit.   Amen.

4. Kinder, Kirche und Karriere

4.1 Teresa von Avila – Heilige mit Herz und Verstand

Dekoration: Möglichst alte Kupfertöpfe, Blechtopf mit Feldblumenstrauß, großer Kochlöffel, ein großer Topf

Musik zur Einstimmung: z. B. Musik von Hildegard von Bingen

Begrüßung
„Auf meine Töchter, es gibt keinen Grund zum Traurigsein!
Wenn der Gehorsam euch viel äußere Tätigkeit abverlangt,
dann wisst, falls es sich um die Küche handelt,
dass auch Gott zwischen den Kochtöpfen zugegen ist."

Mit diesem Ausspruch Teresa von Avilas begrüße ich euch / Sie herzlich zum Liturgischen Abend. Teresa von Avila, Mystikerin, wurde 1622 heilig gesprochen, 1970 als erste Frau zur Doctorin Ecclesiae, zur Kirchenlehrerin ernannt. Teresa von Avila, eine Frau, die einen ausgeprägten Sinn fürs Praktische hatte und gleichzeitig eine der bedeutendsten Reformbewegungen der Kirchengeschichte in die Wege leitete.
Sie kann uns in manchem anregen, über unsere Kirche nachzudenken. Wir wollen euch / Sie also einladen zu einer Reise in die Vergangenheit. Teresas Aufbruch kann uns Mut machen, neue Schritte in unserer Kirche zu gehen.
Frauengeschichte ist nicht Geschichte von Krönungen und Konzilen, von Sieg und Niederlage in großen Kriegen. Von dieser Geschichte, die weitgehend eine Männergeschichte ist, haben wir in der Schule gelernt. Davon ist in großen Geschichtswerken geschrieben. Frauengeschichte – das ist überwiegend Leben und Werk von Frauen in Kirche und Gesellschaft, die nicht die große Beachtung fanden. Aber das stetige Bemühen

von Frauen hat sie sichtbar gemacht und zu einem Mosaik zusammengefügt.
Zu wissen, dass es schon immer Frauen gegeben hat, die sich in Kirche und Gesellschaft engagiert haben, die gegen den Strom der Zeit geschwommen sind, die Finger in Wunden gelegt haben – das stärkt uns Frauen und gibt neues Selbstbewusstsein. Es zeigt uns aber auch, dass Frauen in allen Jahrhunderten mit den gleichen Themen gerungen haben. So wollen wir hören, für was Teresa von Avila mit „feurigem Herzen" kämpfte und was sie in uns anstößt.

Lied: Öffne meine Ohren, heiliger Geist
(in: Wenn Himmel und Erde sich berühren, Nr. 95)

Gebet
Wir sind heute Abend zusammengekommen,
um über eine unserer Vormütter nachzudenken.
Gott, sei du nun unter uns,
wenn wir die Geschichte von Teresa von Avila hören,
um ihre Botschaft richtig zu verstehen.

Wir sind heute Abend zusammengekommen,
um in unserem Glauben gestärkt zu werden.
Gott, sei unter uns
im Hören, im Sehen, im Handeln.

Wir sind heute Abend zusammengekommen,
um in unserer schwesterlichen Gemeinschaft
Kraft zu schöpfen für den Alltag.
Gott, sei unter uns in unseren Gebeten,
in unseren Liedern, in unseren Gesprächen.   Amen.

Interview mit Dona Teresa
Interviewerin: „Ganz Avila ist außer sich: ‚Die Frau spinnt!' Ganz Avila ist einer Meinung: ‚So etwas darf eine Frau nicht!'
Avila ist eine kleine spanische Stadt westlich von Madrid. Die Frau, der die Aufregung gilt, heißt Dona Teresa de Ahumada. Sie ist eine Nonne aus dem Karmeliterinnen-Kloster ‚De la Encarnación – Von der Mensch-

werdung Jesu Christi'. Mehr als einmal schon ist sie der Inquisition aufgefallen durch ihre eigenwilligen Berichte über Erlebnisse in der Meditation. Am 24. August 1562 stürzt sie Avila in den Skandal."
(aus: Elisabeth Achtnich, Frauen, die sich trauen)

Fragen wir sie doch einmal selbst, was an diesem Tag vorgefallen ist. Dona Teresa, was führte zu der Aufregung?

Teresa: Im ersten Schein der Morgendämmerung verließ ich das Kloster unter dem Vorwand, meiner verheirateten Schwester Juana beim Umzug zu helfen. Doch mein Weg führte zum Quartier San Roque, wo ich mich mit vier anderen jungen Nonnen traf. Dort hatten wir innerhalb der letzten Wochen heimlich ein ärmliches Haus renoviert. Nun war es soweit. Beherzt zog ich am Strick der Glocke. Das Gebimmel jagte ganz Avila aus dem Bett. In Windeseile verbreitete sich die Kunde: Dona Teresa hat mit vier Freundinnen ein eigenes Kloster gegründet. Ein Reformkloster. Wir nannten es „Zum heiligen Josef von Avila".

Interviewerin: Wie reagierte die Bevölkerung darauf?

Teresa: Oh, das hatte seine Wirkung. Alle Läden in Avila wurden geschlossen. Ein Krisenstab trat zusammen, bestehend aus der Spitze aller kirchlichen und politischen Behörden der Stadt. Die Leute kamen in Scharen zum Kloster, sie warfen Steine, sie rammten die Tür. Doch ich hatte vorgesorgt. Als mir der richterliche Räumungsbefehl entgegengehalten wurde, hielt ich die päpstliche Verfügung dagegen, die jeden, der ins Kloster eindringt, mit der Exkommunikation bedroht. Diese Verfügung hatte ich mir unter Umgehung des spanischen Amtweges in Rom besorgen lassen. Das half fürs erste. Die Polizei zog ab.

Interviewerin: Ganz schön pfiffig! Aber so glimpflich ging es nicht immer zu, nicht wahr, Dona Teresa.

Teresa: Oh nein, beileibe nicht. Die Stadtpolizei war harmlos im Vergleich zu den allmächtigen Vätern von der Heiligen Inquisition von Sevilla. Schließlich maß ich mir Dinge an, die nur ein Mann, ein Priester oder Mönch tun durfte: ich predigte, ich nahm die Beichte ab, ich verfasste Lehrschriften. So musste ich oft meine Beichtväter wechseln, denn sie gaben meine Gedanken der Lächerlichkeit preis. Als unruhiges, umherschweifendes, ungehorsames und verstocktes Weib, als Landstreicherin bezeichnete mich der päpstliche Nuntius. Aber Recht haben sie: ich bin ein Weib und obendrein kein gutes! Bin ich doch zwei Jahrzehnte lang im Ochsenkarren auf den unsicheren Landstraßen Spaniens unterwegs gewesen und habe mich gestritten mit Bürgermeistern, Prälaten und anderen hohen Herren. Doch ich hatte auch Freunde, die mich unterstützten. Der heilige Johannes vom Kreuz zum Beispiel hat mich nie im Stich gelassen, sogar Folterungen im Gefängnis hat er aus Treue zu mir erduldet.

Interviewerin: Was war denn dein wichtigstes Anliegen?

Teresa: In meinem Kloster sollten sich Frauen der Meditation und dem Gebet widmen können. Bisher war es ihnen vorgeschrieben, was sie zu beten hatten. Mit eigener Arbeit, mit Weben und Nähen wollten wir uns durchbringen. Alle Nonnen sollten gleiche Rechte haben, egal aus welcher Familie sie kamen. Sie gaben ihren bürgerlichen Namen an der Pforte ab und bekamen einen neuen Namen. Gott in Demut und Armut zu dienen, war unser Anliegen. Gebet und tatkräftige christliche Hilfe gehören zusammen.

Interviewerin: Dona Teresa, du bist eine Frau mit praktischem Verstand und feurigem Herzen. In zwanzig Jahren hast du siebzehn Klöster gegründet, sogar einen Männerorden. Du hast in deinen Lehrschriften von deinen Visionen berichtet. Woher hast du all diese Kraft gehabt?

Teresa: Es sind viel häufiger Frauen, denen Gott seine Gnade zukommen lässt. So habe ich immer wieder meiner Seele Nahrung gegeben im Schauen auf Gott. Denn in Gott schaut man alle Dinge, weil er alle Dinge in sich erhält.

Interviewerin: Vielen Dank, Dona Teresa.

Meditative Musik: Musik von Hildegard von Bingen
(siehe Literaturverzeichnis Seite 133)

Aktion
„Ich meinte aber, es sei Gottes Wille, was der Apostel Paulus sagt über die Zurückgezogenheit der Frauen, ich hatte dieses Wort kürzlich gehört. Da sprach aber der Herr zu mir: „Sag ihnen, dass sie nicht einzelne

Schriftstellen verabsolutieren, sondern weitere in Betracht ziehen sollen, und dass sie nur nicht meinen, sie könnten mir die Hände binden."
Auch wir wollen uns die Hände nicht binden lassen, wir wollen tätig sein.

„Auf, meine Töchter, es gibt keinen Grund zum Traurigsein!
Wenn der Gehorsam euch viel äußere Tätigkeit abverlangt,
dann wisst, falls es sich um die Küche handelt,
dass Gott auch zwischen den Kochtöpfen zugegen ist."

So ermutigt uns Teresa von Avila. Überall in unserer Kirche werden „Süppchen" gekocht, und es wird fleißig „in den Töpfen gerührt". Lange Zeit haben wir das Würzen den Männern überlassen. Spätestens während der Dekade ist uns deutlich geworden, dass auch wir über „Zutaten" verfügen, die wichtige „Gewürze für die Suppe" sind.

In der Mitte steht schon ein großer Topf. Dort liegen bunte Zettel und Stifte. Jede kann nun aufschreiben, was sie als „Zutat" in den Topf tun möchte, um unsere Kirche „würziger und schmackhafter" zu machen. Ich streue eine Prise Lachen hinein, damit es in unseren Gottesdiensten fröhlicher wird!

Die Zettel werden anschließend in den Topf getan. Nacheinander ziehen Frauen einen Zettel aus dem Topf und lesen vor. Nach jedem dritten Mal wird gesungen:

Lied: Du Gott stützt mich (in: Du, Eva, komm, sing dein Lied)

Tanz: Stampftanz (siehe Kapitel „Tanzbeschreibungen", Seite 123)

Damit wollen wir unsere Wünsche noch einmal bekräftigen und uns Mut machen zum Handeln.

Gebet
Gib mir den klaren Blick einer Teresa von Avila,
damit ich sehe,
wo Unrecht geschieht und Verzweifelung herrscht.

Schenk mir den Mut einer Teresa von Avila,
dass ich meinen Mund auftue,
wo andere schweigen.

Gib mir die Kraft einer Teresa von Avila,
ungewöhnliche Wege zu gehen,
wo sich andere an Traditionen klammern.

Öffne mein Herz wie das einer Teresa von Avila,
dass es feurig werden kann
für meine Mitmenschen und für dich, mein Gott.   Amen.

Lied: Sanftmut den Männern, Großmut den Frauen (in: Wenn Himmel und Erde sich berühren, Nr. 31)

Segen:
Die Frauen stellen sich im Kreis auf, halten sich an den Händen bzw. stützen sich den Rücken.

Gottes Segen sei mit euch,
wenn wir auseinander gehen
in das Dunkel der Nacht.
Gottes Segen stärke euch
auf dem Weg in den neuen Tag.

4.2 Feierabend

Lied: Zeit für Ruhe (in: Weil du mich magst, Drensteinfurt)

Einleitung und Begrüßung
Am Ende unseres Frauen-Arbeitstages möchte ich euch / Sie alle einladen zum Feierabend. Endlich Feierabend – die Anspannung löst sich, Zeit zum Atemholen, wir können zur Ruhe kommen. Frauenarbeit – für heute genug gearbeitet, gedacht, gestritten – gönnen wir uns den Feierabend.

Doch das fällt uns oft nicht leicht – zu tief sitzen andere Sätze in unseren Köpfen – „eine Mutter hat niemals Feierabend" oder auch „ein Christ ist immer im Dienst". Wenn ich die Erschöpfung zulasse, zu mir komme, mir Zeit für Ruhe, Zeit für Stille nehme, überfällt mich manchmal auch Angst – Angst vor dem, was ungetan blieb, Angst davor, wie es weitergehen soll. Ich wünsche uns Mut zum Feierabend, zur Ruhe und Stille, ich wünsche uns die Freiheit, loszulassen, die Freiheit, nicht perfekt sein zu wollen. Endlich Feierabend.

Atem-Meditation

Feierabend – Zeit zum Atemholen, zum Ausruhen –
die Augen schließen – der Tag zieht noch einmal vorüber –
Ich atme ruhig – der Atem füllt mich aus –
ich spüre, wie die Luft einströmt, mich ausfüllt, ich die Luft wieder loslasse –
Tief atme ich ein und aus – Atmen ist Leben –
ich atme – ich spüre mich – ich lebe – ich atme auf –
es ist Feierabend – Zeit zum Atemholen – Zeit, zur Ruhe zu kommen.
Ich atme ein, ich atme aus – die Anspannung löst sich –
ich bin bei mir – ich habe Zeit für mich –
Atemzeit – Atemraum –
ich sehe den Menschen, die Frau, die Schwester neben mir –
wir haben gemeinsam Feierabend.

Meditative Musik

Gebet
Schwestern, wir wollen bedenken:
Alles, was auf der Erde geschieht,
hat seine von Gott bestimmte Zeit:
geboren werden und sterben,
einpflanzen und ausreißen,
töten und heilen,
niederreißen und aufbauen,
weinen und lachen,
wehklagen und tanzen,

Steine werfen und Steine aufsammeln,
sich umarmen und sich aus der Umarmung lösen,
finden und verlieren,
aufbewahren und wegwerfen,
zerreißen und zusammennähen,
schweigen und reden,
arbeiten und ruhen.
Gott, lass du uns spüren,
wann die richtige Zeit gekommen ist. Amen.

Musikalisches Leitmotiv

In den folgenden Texten sprechen Frauen aus ihrer Situation – eine berufstätige Mutter, eine arbeitslose Frau mit erwachsenen Töchtern, eine berufstätige Frau ohne Kinder, eine junge Mutter im Erziehungsurlaub. Diese Texte sind nur Beispiele und sollten individuell gestaltet werden.

Text einer berufstätigen Mutter

Feierabend – Schluss für heute. Jetzt nur noch die Beine hochlegen und nichts sehen und hören. Oder am besten gleich ins Bett. Ja, manchmal geht es mir so. Dann sind die Kinder im Bett, und ich könnte gleich folgen. Dabei geht es mir gut. Ich habe eine Familie mit drei Kindern. Ich kann meine Arbeitszeit größtenteils selbst einteilen. Die Arbeit macht mir Spaß, ich bekomme Anerkennung. Viele Inhalte kann ich selbst mitbestimmen. Das Arbeiten mit Menschen unterschiedlichen Alters ist interessant. Was will ich mehr? Zugegeben, oft mache ich Überstunden und schaffe es nicht, nein zu sagen, wenn meine Arbeit gefragt ist. Aber es ist doch so schön, gebraucht zu werden. Dass ich mitunter heftig unter Zeitdruck gerate und mein Terminkalender zu platzen droht – nun gut, das ist eben so … Solange nichts dazwischen kommt, ist doch alles in bester Ordnung. Oder? Nun gut, die Familie, die stresst ganz schön. Drei Kinder mit unterschiedlichen Ansprüchen, Bedürfnissen und Macken. Flexibilität ist da gefragt. Und einen Mann habe ich ja auch noch. Ansprüche über Ansprüche – von allen Seiten gefragt. Ist es typisch für Frauen, dass sie alle Aufgaben gleich gut bewältigen wollen? Ja, Feierabend, jetzt ist Feierabend. Und was mache ich jetzt?

Musikalisches Leitmotiv

Text einer Arbeitslosen
Ich bin 50 und seit 1 1/2 Jahren arbeitslos. Ich habe drei erwachsene Töchter, bin nach zehnjähriger „Nur-Hausfrauen-Zeit" mit 30 Jahren wieder berufstätig geworden. Habe mich abgerackert und abgestrampelt – und jetzt – durch den Raster gefallen. Schluss, aus, vorbei. Feierabend! – Feierabend?
Für mich ist diese Zeit meine beste Zeit geworden! Vor ein paar Jahren habe ich Gott in mein Lebensschiff einsteigen lassen. Ich bin am Steuer, aber Gott zeigt mir, wo's langgeht. Ich muss nur auf die Wegweiser achten. Die Wegweiser sind da, die vielen, vielen, scheinbar zufälligen Begegnungen. Sie halten mein Leben lebendig und in Bewegung. Ich entdeckte neue Fähigkeiten in mir. Ich fand Schätze, die zu verteilen sind. Ja, mein Geld, meinen Lebensunterhalt, den bekomme ich vom Staat, von der Solidargemeinschaft, von euch. Das ist nicht angenehm, und so fragte ich mich: „Was habe ich der Gemeinschaft zu geben, was die Gemeinschaft braucht, aber nicht bezahlt?"

Heute bedanke ich mich für jeden Tag und mache Inventur. Ich schaue zurück, schaue mir meinen Tag an. Was war da? Welche Begegnungen habe ich gehabt? War ich aufmerksam? Was ist mir aufgefallen? Welche Gefühle haben mich begleitet? Ich lerne und lerne und lerne … und bin neugierig auf den nächsten Tag.

Musikalisches Leitmotiv

Text einer Pfarrerin ohne Kinder
Feierabend. – Ich habe Feierabend. Nach einem anstrengenden Tag kann ich mich hinsetzen, zur Ruhe kommen.
Feierabend – was bedeutet das? Darf ich feiern, dass es Abend geworden ist, dass alle Mühe und Plage – für heute – ein Ende hat? –Feiern, dass mir Zeit bleibt, auf das zu sehen, was vor mir liegt? Kräfte sammeln und versuchen, sie an den richtigen Ort zur richtigen Zeit einzusetzen.
Mir fällt ein, dass in der Schöpfungsgeschichte der Feierabend, der Sabbat, mit dazugehört. „Und so vollendete Gott am siebten Tag seine Werke, die er machte, und ruhte am siebten Tage von allen seinen Werken,

die er machte. Und Gott segnete den siebten Tag und heiligte ihn." (Gen 2, 2-3). Am siebten Tag, der geheiligt ist, soll sich Israel auch daran erinnern, dass es sein Leben Jahwe zu verdanken hat. Er war es, der sie aus der Sklaverei in Ägypten herausgeführt hat. Nicht der eigenen Leistung verdanken sie ihre Freiheit, sondern Gott. Könnte es nicht auch für mich beim Feierabend, beim Sabbat darum gehen, nachzudenken darüber, welche Rolle Gott in meinem Leben spielt?

Meine Arbeit kann und muss sabbatlich unterbrochen werden, damit ich mir klarmache: Berechtigung zum Leben erlange ich nicht durch die Menge meiner Werke. Vor Gott habe ich einen Wert, lange bevor ich einen Beruf ergriffen hatte, ohne Leistung hat er/sie mir eine Identität zugesprochen, mich angenommen. Ich bin ihr/sein Ebenbild.

Ich kann mich am Feierabend daran erinnern, dass ich mein Leben geschenkt bekommen habe und dass Arbeit nicht alles ausmacht; sicher, sie hat ihren Ort und ihre Zeit, aber:

Jesus hat die Menschen bei ihrer Arbeit unterbrochen, die Fischer hat er von den Netzen weggeholt, die Samariterin am Brunnen hat er in ein Gespräch verwickelt.

Ich habe sie nötig, diese Unterbrechung, nicht nur an einem Tag der Woche, sondern an jedem Werktag in den sabbatmäßigen Ruhepausen.

Musikalisches Leitmotiv

Text einer Mutter im Erziehungsurlaub
Feierabend – ich bin erschöpft. Warum bin ich eigentlich oft so erschöpft? Dabei bin ich doch im Erziehungs-*„Urlaub"*. Manchmal frage ich mich, was ich den ganzen Tag über eigentlich tue. Ich arbeite doch nichts. Aber dann fällt mir ein, dass ich mein Baby mindestens zwei Stunden lang durch die Gegend geschleppt habe, gewickelt, gebadet, gestillt und gespielt habe, mal zwischendurch einkaufen war, zwei Waschmaschinen voll gewaschen habe und so weiter und so fort. So gesehen kommt mir das nicht so sehr wie Erziehungs-*„Urlaub"* vor, sondern eher wie Erziehungs-*„Arbeit"*.

Und doch habe ich in meinem Kopf, dass ich jetzt ja *nur* Hausfrau und Mutter bin und dass ich gerne wieder arbeiten möchte. Schließlich habe ich einen Beruf *gelernt*. Mutter und Hausfrau sein, das habe ich *nicht* gelernt, das muss ich jetzt einfach können, ausfüllen und manchmal auch aushalten können.

Ich habe aber auch Angst davor, wieder in meinem Beruf zu arbeiten. Ich habe Angst vor der Überforderung, im Beruf meine Frau stehn zu müssen, perfekte Mutter sein zu wollen, gute Ehefrau zu bleiben und mich selbst auch noch verwirklichen zu können ...

Ich denke, das schaffe ich nicht allein. Dazu brauche ich Hilfe. Aber woher kommt mir Hilfe? Nun, ich kann mir allerlei Formen von Hilfe und Unterstützung von anderen Frauen und Männern vorstellen, die mir beistehen und Arbeit abnehmen. Aber ich habe das Gefühl, da fehlt noch etwas. Was ist eigentlich mit Gott?

„Woher kommt mir Hilfe – meine Hilfe kommt vom HERRN" – so wird es im 121. Psalm besungen. Aber gerade der „HERR" scheint mir hier ein wenig hilfreiches Gegenüber zu sein. Der „HERR" macht mich doch erst zur „Dienerin", der „HERR" bricht die klassische Rollenvorgabe nicht auf, der „HERR" lässt mich dastehen als „NUR-HAUSFRAU UND MUTTER". Ich sehne mich nach Gott, der Frau, die mir ähnlich ist, die mich meine Rolle finden lässt, die mich ermutigt und nicht be-herr-scht. Ich sehne mich nach GOTT-MUTTER, GOTT-FREUNDIN, GOTT-HELFERIN, damit ich mich als berufstätige Frau, aber auch als Hausfrau und Mutter gottgefällig, gottgesegnet und gottverstanden fühlen kann.

Woher kommt mir Hilfe? – Meine Hilfe kommt von Gott, die mir Kraft gibt auf meinem Weg und mich auch z. B. im „Erziehungsurlaub" als ihre MITARBEITERIN annimmt.

Austausch von Gedanken und Erfahrungen

Vier Frauen – vier Lebensgeschichten. Vielleicht habt ihr euch in der einen oder anderen wiedergefunden. Was euch berührt hat und wo ihr euer ganz Eigenes habt, darüber tauscht euch nun miteinander aus.

Die Frauen tauschen sich in kleinen Gruppen aus. Danach leitet eine Frau zum Lied und zur Aktion über.

Lied: Nimm dir Zeit (in: Meine Seele sieht das Land der Freiheit)

Aktion: *Für jede Teilnehmerin liegt in einem Korb ein Schokoladenriegel bereit. Die Körbe werden herumgegeben. Jede Teilnehmerin verschenkt an eine andere einen Schokoladenriegel mit den Worten: Ich schenk' dir eine „süße Pause" und wünsche dir ...*

Gebet
GUTER GOTT,
es ist manchmal nötig, anzuhalten,
auszusteigen aus dem alltäglichen Treiben.
Wir brauchen eine Atempause,
um unsere Seufzer der Erschöpfung zuzulassen,
um uns einzugestehen, dass unsere Belastung zu groß ist.

GUTER GOTT,
es ist manchmal nötig, anzuhalten,
auszusteigen aus dem alltäglichen Treiben.
Wir brauchen eine Atempause, um zur Ruhe zu kommen,
um uns wieder zu spüren.

GUTER GOTT,
es ist manchmal nötig, anzuhalten,
auszusteigen aus dem alltäglichen Treiben,
um mich einzulassen, auf dich.

Schenk mir dieses Stückchen Feierabend.   Amen.

(Angeregt durch „Sich dem Treiben entziehen" von Max Feigenwinter, in: Laß meine Seele aufatmen)

Segen
Für den Segen stellen sich alle Frauen in einen Kreis, stärken sich den Rücken, indem sie sich gegenseitig mit den Händen den Rücken stützen. Gemeinsam wird das Lied gesungen:
Du Gott stützt mich, du Gott stärkst mich (in: EG Nr. 630)

4.3 Vom Lob der tugendsamen Kirchenfrau

(Sprüche 31, 10-31)

Dekoration: Körbe mit Broten, Rosen und Bilder von Kirchenfrauen

Eingangsmusik

Eröffnungsvotum
Lasst uns unseren Gottesdienst (am Internationalen Frauentag) beginnen im Namen Gottes.
Gott ist Quelle und Ziel allen Lebens.
Jesus Christus hat Menschen Hoffnung gemacht,
dass Fülle, Leben und gute Beziehungen möglich sind.
In Gottes Geist finden wir Mut, wenn es nötig ist,
gegen den Strom unserer Zeit zu schwimmen.
Lasst uns dies bekräftigen, indem wir miteinander singen.
„Du Gott stützt uns, du Gott stärkst uns, du Gott machst uns Mut."
Gott des Lebendigen,
lass deine Kirche werden, was sie sein soll:
Gemeinschaft von Frauen und Männern im Sinne Jesu.

(Das Lied „Du Gott, stützt mich, du Gott, stärkst mich", in: Du, Eva komm, sing dein Lied)

Lied: Nun danket alle Gott (in: EG, Nr. 321)

Erklärung zum Internationalen Frauentag am 8. März
Internationaler Frauentag – ein Tag für die Rechte der Frauen, für Frieden und für eine humane Gesellschaft. Ein Tag der Solidarität der Frauen untereinander.
Lange Zeit wurde er ignoriert, weil es schon der Tag der „anderen" war. Wenn ich diesen Tag vom Anliegen der Dekade „Solidarität der Kirchen mit den Frauen" her sehe, ist das ein ganz anderer Handlungsspielraum. Für zehn Jahre haben sich die Kirchen des Ökumenischen Rates der Kirchen (ÖRK) selbst verpflichtet, Frauen zu befähigen, unterdrückende Strukturen in Gesellschaft und Kirche in Frage zu stellen und Frauen

durch Initiativen, Projekte und Aktionen zu fördern. „Solidarität" ist an diesem Internationalen Frauentag das Stichwort. Sich mit Frauen zu solidarisieren, sich einzusetzen für ihre Rechte, die ja auf dem Papier zumindest vorhanden sind, sich einzusetzen für Frieden und eine humane Gesellschaft, das ist an die Adresse derer gerichtet, die die Macht haben, also vorwiegend Männer. Dennoch machen Frauen immer wieder die Erfahrung, es selbst in die Hand nehmen zu müssen. Und dazu brauchen wir Feste, Begegnungen, Gottesdienste, um uns auf dem Weg zur neuen, wirklich partnerschaftlichen Gemeinschaft von Männern und Frauen zu stärken.

Stärken soll heute für uns heißen: Wir wollen uns bewusst machen, welches unsere besonderen Fähigkeiten und Tugenden sind, die wir als Frauen in der Kirche, in unsere Mutter-Kirche einbringen. Dazu lesen wir im Alten Testament im Buch der Sprüche, wie schon damals Frauen geschätzt wurden, die selbstbewusst die Geschicke ihrer Welt lenkten. Luther überschrieb die Verse „Vom Lob der tugendsamen Hausfrau". Anhand biblischer Texte überprüfen wir unsere Lebenskonzepte, klopfen sie daraufhin ab, ob wir vor Gott bestehen können. Dazu brauchen wir Vorbilder.

Stellen wir uns vor, die tugendsame Hausfrau hat ihren Kosmos erweitert, erweitert auf den Bereich Kirche.

Lesung: Sprüche 31, 10-31

Ansprache
Sprecherin 1: „Wem eine tüchtige Frau beschert ist, die ist viel edler als die köstlichsten Perlen" (Sprüche 31, 10) – es ist schön, dass es solche Sätze in der Bibel gibt. Vielleicht auch dort, wo man sie am wenigsten erwartet: in den Sprüchen. Es ist die Rede von der tugendsamen Hausfrau. Und in diesem Text wird eine Frau beschrieben, die stark und unabhängig ist. Sie ist es, die für die Mitglieder ihres Hauses sorgt, nicht nur für ihre Familie. Sie ist sogar so gut, dass sie auch noch Gewinn erwirtschaftet. Sie ist gelobt und bei allen angesehen und bei allen beliebt. Und doch beschreibt dieser Text eine Sichtweise, die jahrhundertelang galt: er war gedacht als Anleitungsbuch für junge Mädchen, als Beschreibung einer Frau, die tüchtig ist, aber doch ihrem Mann untertan, die für ihn sorgt und ganz von ihm abhängig ist, weil sie alles, was sie

tut, für ihn tut. Vielleicht erinnert der Text auch deshalb so sehr an die Situation von uns Kirchenfrauen. Das heißt von den Frauen, die in dieser Kirche leben, die für sie ehrenamtlich, nebenamtlich oder hauptamtlich arbeiten, die sich für diese Kirche einsetzen, die ihr die Treue halten und die immer wieder zu dieser Kirche stehen. Und so fällt es auch leicht, das Lob der „tugendsamen Kirchenfrau" zu singen:

Sprecherin 2: Vom Lob der tugendsamen Kirchenfrau
Eine tugendsame Kirchenfrau ist hoch zu loben. Unaufhörlich schafft sie für das Wohl der Kirche. Sie putzt Räume, stellt die Stühle, deckt die Tische.
Sie sorgt unaufhörlich für Blumen und Atmosphäre. Sie kocht den Kaffee, besorgt den Kuchen und ist doch bei allem fast unsichtbar. Sie leitet die Kreise für Kinder, für Frauen, für ältere Menschen und hat für jede und jeden ein offenes Ohr.
Sie ist da, wenn sie gebraucht wird, lässt alles stehen und liegen, wenn Hilfe nötig ist. Sie sieht die Not, packt Pakete und strickt warme Socken. Sie betreut die Kranken, sie übernimmt diakonische Arbeit.
Ihre Hände ruhen nie, denn es gibt immer etwas zu tun. Sie ist unterwegs, besucht die Geburtstagskinder und hat für jede und jeden ein gutes Wort. Sie schreibt Briefe, verwaltet die Gemeinde, führt die Bücher und kennt die Gesetze.
Sie geht in den Gottesdienst, übernimmt das Lektorinnenamt. Sie predigt, tauft Kinder und gibt Menschen das letzte Geleit. Sie setzt sich für die gleichen Rechte für alle Frauen ein. Sie zahlt Kirchensteuer und trägt diese Kirche.
Sie ist eine Freude für die Männer, weil sie Konflikte abbaut, weil sie die kleinen Dinge des Alltags tut. Ihr Gewinn ist für die Kirche nicht zu unterschätzen. Sie hat keine Angst vor der Zukunft der Kirche, denn sie ist es, die diese Kirche trägt. Und bei all dem ist sie gut anzuschauen, sie ist charmant, auch wenn sie Forderungen stellt. Sie tritt den Männern nicht zu nahe, respektiert ihre Positionen und unterstützt sie nach Kräften. Egal, ob sie dafür Geld bekommt oder nicht.
Ihre Arbeit ist nie getan. Sie rastet und ruht nicht. Und ihr Preis ist das Lob der Männer. Eine tüchtige Kirchenfrau ist überall zu finden. In der Gemeinde, in der Synode, in den Gremien – nur leider viel zu selten in der Chef-Etage!

Sprecherin 1: Es tut gut, sich an die Stärken der Frauen in der Kirche zu erinnern, zu erkennen, wie wichtig sie sind und den Frauen Mut zu machen, sich selbst ernst zu nehmen, mit dem, was sie in diese Kirche einbringen.

Lied: Vertraut den neuen Wegen (in: EG, Nr. 395)

Erinnerung an Kirchenfrauen:
Wir haben Bilder von historischen und biblischen Frauengestalten ausgelegt. Es tut gut, sich an die Stärken von Kirchenfrauen zu erinnern. Diese Frauen können für uns Vorbilder sein, aber sie repräsentieren mit ihren Stärken auch Anteile in uns selbst. Unter jedem Bild stehen ihre Fähigkeiten und Tugenden. Geht herum und lest, was über die einzelne Frau gesagt wird. Wo entdeckt ihr euch wieder?
Die Frauen gehen herum und schauen sich Bilder und Texte an. Wer mag, kann aussprechen, was sie entdeckt hat.

Stärkung durch Brot und Rosen:
Neben den Bildern schmücken Rosen und Körbe mit Brot unseren Raum. Rosen verbreiten einen angenehmen Duft, bringen Atmosphäre und schmeicheln uns. Sie pflegen unsere Seele. Sie sind die Königinnen unter den Blumen. Menschen, die uns verehren, schenken sie uns.
Brot ist Stärkung für unseren Leib. Unser Körper braucht Kraft für die Aufgaben, die wir ihm abverlangen. Brot ist gebacken, zusammengekommen aus vielen einzelnen gemahlenen Körnern – Symbol für Gemeinschaft.
Schenkt euch gegenseitig eine Rose und ein Stück Brot als Stärkung, als Lob und Dank für das, was ihr für unsere Mutter-Kirche einbringt.

Lied: Gott gab uns Atem (in: EG, Nr. 432)

Fürbitte und Vaterunser
Gott alles Lebendigen,
am Abend dieses Tages sind wir vor dir versammelt,
um dich um deinen Geist und deine Kraft zu bitten.
Lass uns Hoffnung erblühen,

wenn alles aussichtslos erscheint.
Lass uns einen langen Atem haben,
wenn wir aufgeben wollen.
Lass uns spüren und lass uns erleben und lass Wirklichkeit werden,
damit wir erleben, dass du uns stützt und stärkst.

Gott alles Lebendigen,
viele Probleme sind uns deutlich an diesem Tag.
Es gibt genug Grund zu resignieren
angesichts des Alltags in dieser Stadt, in diesem Land,
auch, wenn wir nicht aufgeben wollen.
In der Stille breiten wir vor dir aus,
was uns beschwert und Sorgen macht.

(Stille)

Gott alles Lebendigen, sei du die Quelle,
aus der wir immer wieder Fantasie und Ausdauer schöpfen,
um an einer auch für Frauen gerechten Welt zu arbeiten.
Lass uns spüren und lass uns erleben und lass Wirklichkeit werden,
damit wir erleben, dass du uns stützt und stärkst.

Komm mit deiner Weite in unsere Enge,
mit deiner Erlaubnis in unsere Verbote,
mit deiner Liebe in unsere Angst,
und lass uns spüren und lass uns erleben und lass Wirklichkeit werden,
damit wir erleben, dass du uns stützt und stärkst.

Vater unser …   Amen.

Lied (als Segen): Bewahre uns Gott (in: EG, Nr. 171)
Die Frauen stellen sich dazu im Kreis auf und legen einander die Hände stärkend in den Rücken oder fassen sich an den Händen.

Musik zum Ausgang

5. Sinn des Lebens

5.1 Fülle des Lebens – erfülltes Leben
(Matthäus 6, 27-28. 33-34)

Dekoration: Blumen, Früchte und Ähren auf einem großen Tuch ausgebreitet

Begrüßung
Liebe Frauen, liebe Schwestern,
wir feiern diesen Gottesdienst im Namen Gottes,
der uns die Fülle des Lebens schenkt,
im Namen des Mannes aus Nazareth,
der für die Menschen eintritt,
die an der Fülle des Lebens nicht teilhaben
und im Namen des Heiligen Geistes,
der uns erfüllen möge.
Liebe Frauen, liebe Schwestern, seid herzlich willkommen.

Lied: Schenk uns Weisheit, schenk uns Mut (in: Wenn Himmel und Erde sich berühren, Nr. 119 und EG Nr. 635)

Meditation: *Die Frauen werden gebeten, sich entspannt hinzusetzen und wenn möglich, die Augen zu schließen. Die Meditation wird langsam und ruhig gelesen. Zwischen den Freizeilen werden Pausen gemacht.*

Fülle des Lebens –
auch dieser Tag, mein Gott, war voll.
So viel habe ich gesehen, gehört,
geschmeckt, gerochen und gefühlt.
So viel – oft zu viel.

Ich möchte loslassen, mich freimachen,
von dem, was mich noch bedrückt,
damit ich frei werde für das,
womit du, mein Gott, mich füllen willst.

Ich atme tief aus und lasse los.

Gefüllt bin ich mit all den Gedanken,
die sich in meinem Kopf festgesetzt haben.

Ich atme tief aus und lasse los.

Betäubt bin ich von den Worten,
denen ich ausgesetzt war.

Ich atme tief aus und lasse los.

Bedrückt bin ich von dem Unheil,
das ich gesehen habe.

Ich atme tief ein und lasse los.

Beengt bin ich durch meine Kleingläubigkeit,
die mich oft mutlos macht.

Ich atme tief ein und lasse los.

Fülle des Lebens –
auch dieser Tag, mein Gott, war voll.
Zu voll bin ich noch von Dingen,
die mich fern halten von dir.
So voll – zu voll.

Ich atme tief ein und lasse los,
damit ich frei werde für das,
womit du, mein Gott, mich füllen willst.

Meditative Musik

Erzählung: *Das Märchen „Was ist das Leben?" wird erzählt oder vorgelesen. Zwischen den einzelnen Abschnitten legt eine andere Frau die Kernaussagen auf Karton notiert auf den Boden.* (siehe Seite 110)

Impuls: In welcher Aussage finde ich mich in meinem Leben wieder?
Die Frauen tauschen sich in Kleingruppen darüber aus.

Tanz: *Der Segenstanz kann als Ausdruck der Fülle des Lebens getanzt werden.* Segenstanz (siehe Kapitel „Tanzbeschreibungen", Seite 131)

Lesung: „Was ist das Leben?" – diese Frage wurde uns in dem schwedischen Märchen gestellt. Auf die Frage nach dem, was erfülltes Leben ausmacht, gibt uns auch die Bibel Antwort. Ich lese aus Matthäus, 6. Kapitel die Verse 27-28 und 33-34:

Wer ist unter euch, der seines Lebens Länge eine Spanne zusetzen könnte, wie sehr er sich auch darum sorgt? Und warum sorgt ihr euch um eure Kleidung? Schaut die Lilien auf dem Felde an wie sie wachsen: sie arbeiten nicht, auch spinnen sie nicht.
Trachtet zuerst nach dem Reich Gottes und nach seiner Gerechtigkeit, so wird euch dies alles zufallen. Darum sorgt nicht für morgen, denn der morgige Tag wird für das Seine sorgen.

Stille

Austausch: *Die Frauen teilen ihre Gedanken mit. Diese werden jedoch nicht kommentiert, sondern bleiben als solche im Raum.*

Lied: Nimm dir Zeit (in: Wenn Himmel und Erde sich berühren, Nr. 4)

Segen:
Karten werden ausgeteilt, auf denen der Bibelspruch aus Matthäus 6 geschrieben steht. Auf die Rückseite schreiben die Frauen einen Segenswunsch für eine andere Frau. Sie gehen herum und tauschen die Segenskarten mit einer anderen Frau.

Gebet
Kostbare Zeit ist uns geschenkt, Gott,
um zu rasten, aufzuatmen und neue Kräfte zu sammeln.
Und doch füllen wir oft den Tag,
stopfen ihn voll mit nichtigen Dingen,
die wir für wichtig erachten.

Kostbare Zeit ist uns geschenkt, Gott,
um für andere Menschen da zu sein.
Und doch sorgen wir uns oft um Dinge,
die viel Kraft kosten, und sehen nicht,
wo wir wirklich gebraucht werden.
Kostbare Zeit ist uns geschenkt, Gott,
um im Gebet bei dir zu sein.
Und doch machen wir uns um vieles Gedanken,
aber schenken dir zu wenig Aufmerksamkeit.
Kostbare Zeit ist uns geschenkt, Gott,
wir danken dir dafür.
Hilf uns, gelassener zu werden,
damit wir spüren, was wirklich Not tut.
Gib uns ein Zeichen, dass wir zur Ruhe kommen,
um uns zu spüren und beim anderen sein zu können.
Öffne unser Herz für dich,
damit unser Glaube tiefer werden kann. Amen.

Die Blumen und Ähren werden verteilt, die Früchte miteinander gegessen.

Was ist das Leben?

An einem schönen Sommertag um die Mittagszeit war große Stille am Waldrand. Die Vögel hatten ihre Köpfe unter die Flügel gesteckt und alles ruhte. Da streckte der Buchfink sein Köpfchen hervor und fragte: *„Was ist eigentlich das Leben?"* Alle waren betroffen über diese schwierige Frage. Im großen Bogen flog der Buchfink über die weite Wiese und kehrte zu seinem Ast im Schatten des Baumes zurück.

Die Heckenrose entfaltete gerade ihre Knospe und schob behutsam ein Blatt ums andere heraus. Sie sprach: *„Das Leben ist eine Entwicklung."* Weniger tief veranlagt war der Schmetterling. Er flog von einer Blume zur anderen, naschte da und dort und sagte: *„Das Leben ist lauter Freude und Sonnenschein."*

Drunten im Gras mühte sich eine Ameise mit einem Strohhalm, zehnmal länger als sie selbst, und sagte: *„Das Leben ist nichts als Mühe und Arbeit"*.

Geschäftig kam eine Biene von einer honighaltigen Blume auf der Wiese zurück und meinte dazu: *„Nein, das Leben ist ein Wechsel von Arbeit und Vergnügen."*
Wo so weise Reden geführt wurden, steckte auch der Maulwurf seinen Kopf aus der Erde und brummte: *„Das Leben? Es ist ein Kampf im Dunkeln."*
Nun hätte es fast einen Streit gegeben, wenn nicht ein feiner Regen eingesetzt hätte, der sagte: *„Das Leben besteht aus Tränen, nichts als Tränen."* Dann zog er weiter zum Meer.
Dort brandeten die Wogen und warfen sich mit aller Gewalt gegen die Felsen und stöhnten: *„Das Leben ist ein stets vergebliches Ringen nach Freiheit."*
Hoch über ihnen zog majestätisch der Adler seine Kreise. Er frohlockte: *„Das Leben ist ein Streben nach oben."*
Nicht weit vom Ufer entfernt stand eine Weide. Sie hatte der Sturm schon zur Seite gebogen. Sie sagte: *„Das Leben ist ein Sichneigen unter einer höheren Macht."*
Dann kam die Nacht. Mit lautlosen Flügeln glitt der Uhu über die Wiese dem Wald zu und krächzte: *„Das Leben heißt: die Gelegenheit nützen, wenn andere schlafen."*
Und schließlich wurde es still in Wald und Wiese. Nach einer Weile kam ein junger Mann des Wegs. Er setzte sich müde ins Gras, streckte alle viere von sich und meinte erschöpft vom vielen Tanzen und Trinken: *„Das Leben ist das ständige Suchen nach Glück und eine lange Kette von Enttäuschungen."*
Auf einmal stand die Morgenröte in ihrer vollen Pracht auf und sprach: *„Wie ich, die Morgenröte, der Beginn des neuen Tages bin, so ist das Leben der Anbruch der Ewigkeit."* (aus Schweden)

5.2 Das andere Maß Gottes *(Psalm 103)*

Dekoration: Eine alte Waage, verschiedene Gewichte, Krüge mit Wein und Traubensaft, Körbe mit Brot, verschiedene Becher

Musikalisches Vorspiel

Begrüßung

Lied: Wir strecken uns nach dir (in: Wenn Himmel und Erde sich berühren, Nr. 57)

Lesung: Psalm 103, 1-13 und Psalm 103, 13-21
Der Psalm wird von zwei Frauen gelesen.

Lied: Stellst unsre Füße, Gott, auf weiten Raum (in: Wenn Himmel und Erde sich berühren, Nr. 23)

Meditation zu Psalm 103, 1-13
Ich und meine Seele, wir wollen dich loben.
Heraus, heraus soll mein Jubel.
Auf der Straße soll es zu hören sein,
was ich von dir sagen will.
Alle Welt soll hören, wie gut du mir tust.
Ich will erinnern, mich und andere, wie du mir begegnest:
nicht mit Strafe, sondern mit umfangender Vergebung,
nicht mit Aufrechnung, sondern mit offenen Armen.
Denn du bereitest mir einen Weg,
du lässt mich erfahren
den geheimen Sinn des Lebens,
du machst mein Dasein reich im Alltag.
Auch wenn ich alt werde,
mein Herz ist jung und sprudelt vor Freude
über Deine Gerechtigkeit.
Du kennst die Leiden dieser Welt,
du leidest selbst mit Deinen geliebten Geschöpfen,

du rufst sie heraus aus der Unterdrückung.
du wendest dich zu allen, die dich anrufen.
Du breitest deine Gerechtigkeit aus über die ganze Erde.
Du spannst deinen Segen wie ein Kleid
von einem Ende des Himmels zum anderen
und hüllst uns ein in einen Mantel aus Liebe.
Zärtlich hältst du uns umfangen
und machst unser Leben neu, mit jedem Morgen.
Ich und meine Seele, wir wollen dich loben.   Amen.

Musikalisches Zwischenstück

Das andere Maß Gottes – eine persönliche Einstimmung

Der 103. Psalm hat mich vor einigen Jahren voll erwischt.
Lobe und vergiss nicht ...
Wie in dem Psalm, so ähnlich ereignet sich Gott in meinem Leben.
Mit dem Bild der Waage möchte ich das ganz andere Maß Gottes zum Ausdruck bringen.
Auf der einen Seite der Mensch als Frau und Mann und all „seine Gemächte", auf der anderen Seite Gott und die Kraft seiner Befreiung in Brot und Wein.
Bei Gott gilt nicht wiegen, messen, zählen, aufrechnen nach Menschenart. Gott ist überhaupt nicht logisch! Auf unser Spiel „Kräfte messen" lässt Gott sich nicht ein. Und wenn wir noch so viele Fehler machen, uns als feige erweisen oder uns von Gott bewusst abwenden, unsererseits schwer belastet sind:

Gott ist da mit Geduld und Gnade.
Gott verspricht uns Fröhlichkeit und Lebenslust,
Gerechtigkeit auch und sogar Recht! Trotz allem.
Wo gibt es das sonst?

Der Vergleich mit einem Vater, einer Mutter, mit Eltern lässt den Psalm noch näher an mich heran. Zwischen Eltern und Kindern brauchen wir auch dies andere Maß. Denn die Liebe ist nicht vernünftig. Gott ist unvernünftig!
Gott bündelt alle diese guten Gaben und wirft sie in seine Waagschale.

In Brot und Wein zeigt sich die Gemeinschaft, die Gott mit Jesus Christus für uns bereithält.
Diese Gemeinschaft mit Gott und den anderen Menschen überwiegt alles, was wir anrichten oder unterlassen. Gottes Befreiung zu neuem Leben ist gewichtiger, ist stärker als unser Kleinmut. Lobe den Herrn und vergiss nicht ...

Gespräch in Kleingruppen
Wo erfahre, wo vermisse ich Vergebung, Gnade und Barmherzigkeit?
Wo bin ich zur Vergebung aufgerufen?

Lied: Sanctus (vierstimmiger Kanon – in: EG, Nr. 656)

Eröffnung des Abendmahles

Dass ich sein darf,
dass ich Luft zum Atmen habe,
dass ich leben kann,
Dank sei dir dafür, o Gott.

Dass ich nicht allein bin,
dass ich Vergebung erfahre,
dass ich Orte des Friedens finde,
Dank sei dir dafür, o Gott.

Dass du zu uns kommst
in Brot und Wein,
dass du dich austeilst, mitten unter uns,
dass deine Gnade maßlos ist,
Dank sei dir dafür, o Gott.

Schuldbekenntnis und Gnadenzusage

Gemeinsam sprechen die Frauen:

Wo ich geschwiegen habe, als ich hätte rufen sollen:
Gott, vergib.
Wo ich übersehen habe, was Not getan hätte:
Gott, vergib.

Ich will vertrauen auf dein anderes Maß der Gerechtigkeit,
das auch für mich gedacht ist.
Ich will vertrauen auf dein anderes Maß der Liebe,
die auch mich umfängt.
Ich will vertrauen auf dein offenes Geheimnis des Lebens,
das du mir schenkst.

Liturgin: „Denn so hoch der Himmel über der Erde
so mächtig leuchtet deine Gnade.
So ferne der Morgen ist vom Abend,
so weit rückst du unsre Untat fort." (Quelle unbekannt)

Austeilung des Abendmahls: *Krüge und Körbe werden weitergegeben, indem jede Frau zu einer anderen Frau ihrer Wahl geht und mit einem Segensspruch, einem Wunsch oder einer Berührung Brot und Saft überreicht. Während des Austeilens singen die Frauen „Sanctus, Sanctus"* (in: Wenn Himmel und Erde sich berühren, Nr. 87)

Fürbitte: *Die Frauen stellen sich im Kreis auf und fassen sich an den Händen bzw. legen die Hände leicht hinter den Rücken der Nachbarin.*

Für die Erniedrigten und Zerschlagenen
in den großen und kleinen Kriegen dieser Tage:
breite aus deine Gerechtigkeit.

Für die Unverstandenen und die,
die sich nicht mehr zurechtfinden:
breite aus deine Liebe.

Für die Überarbeiteten und für die Müden,
für die Unruhigen und Abgehetzten:
breite aus deine Ruhe.

Für die Arbeitslosen und für die,
die nicht wissen, wie sie ihre Kinder ernähren sollen:
breite aus deine Kraft.

Für die Mädchen und Frauen, die Opfer von Männerfantasien,
von Verhöhnung und Gewalt an Leib und Seele werden:
breite aus deine Behutsamkeit.

Für die Streitenden und Zerstrittenen,
die Ungeliebten und Verschmähten:
breite aus deine Liebe.

Breite Dich, o Gott, aus vom Himmel bis auf die Erde,
damit auch hier bei uns deine Gerechtigkeit wohnt.   Amen.

Lied: Erleuchte und bewege uns (in: Wenn Himmel und Erde sich berühren, Nr. 24)

Sendung
Seid gesegnet und geht,
und singt laut von Gottes Gerechtigkeit.
Geht – und sagt an dieses andere Maß.
Lebt – aus der Vergebung unseres Gottes,
Geht – streut aus diese maßlose Liebe,
Lebt – unter dem Bogen von Gottes Gnade
und seid gesegnet.

Musikalisches Nachspiel

5.3 *Zeit der Reife* (Psalm 139)

Lied: Sanctus, Sanctus (in: EG, Nr. 656)

Begrüßung
Das alles ist dieser Tag gewesen ...
Ich habe geredet, ich habe geschwiegen,
gesungen, gelacht und bin still gewesen.
Ich habe gearbeitet, allein, mit andern,
ich habe geschuftet, die Zeit vertrödelt,
war zufrieden, erfüllt, – gelangweilt, enttäuscht:
das alles ist dieser Tag gewesen.
Ich habe erzielt, was ich wollte, war stark,

ich wollte gar nichts erreichen,
es gab Ärger und Hektik, Lärm, viele Menschen,
mein Nachmittag war beschaulich und schön.
Ich bin ganz bei mir, beschwingt, befreit,
und bin verzweifelt, beladen und ängstlich:
das alles ist dieser Tag gewesen.

Und so sind wir hier, am Ende dieses Tages, warten auf deine Gegenwart, Gott.
Wir bitten dich: Lass diesen Abend nicht enden ohne dich,
lass uns von dir begleitet sein.   Amen

Lied: Du meine Seele, singe – Strophe 1-8 (in: EG, Nr. 302)

Einspruch: *Eine Frau übt Widerspruch im Hinblick auf das Selbstverständnis in Strophe 8, wo es heißt: „Ach, ich bin viel zu wenig, ich, eine welke Blum". Sie fragt die anderen Frauen, was sie davon halten – kurzer Austausch.*

Lied: Du meine Seele, singe – neue Version Strophe 8

Du meine Seele, singe, wohlauf und singe schön,
der welcher alle Dinge zu Dienst und Willen stehn.
Ich will die Weisheit droben hier preisen auf der Erd.
Ich will sie herzlich loben, solang ich leben werd.

Ja, ich bin nicht zu wenig, zu rühmen ihren Ruhm.
In ihrem großen Garten, bin ich ein blühend Blum.
Bin Spiegelbild und Schatten der einen großen Kraft,
die durch mich lebt und atmet und neues Leben schafft.
(Esther Schmidt)

Lesung: Psalm 139, 1-14
Statt „Herr" kann auch „Gott" eingesetzt werden.

Impuls: „Ich danke dir dafür, dass ich wunderbar gemacht bin", so heißt es in Psalm 139, 14. Was ist an mir wunderbar? Darüber denken wir vielleicht zu selten nach. Nun möchte ich euch/Sie bitten, über die

„blühend Blum" nachzudenken und das aufzuschreiben, was an euch wunderbar ist.

Auf schönem Papier, ähnlich einer Seite eines Poesiealbums, schreiben und gestalten die Frauen, was ihnen einfällt.

Lied: Stellst unsre Füße, Gott auf weiten Raum
(in: Wenn Himmel und Erde sich berühren, Nr. 23)

Austausch: Ist es euch auch schwergefallen, das Wunderbare an euch zu entdecken? Findet ihr Worte, auszudrücken, was an euch wunderbar ist? Begreift ihr, dass ihr ein Wunder Gottes seid? Oder wirkt nach, was viele von uns als Kind ins Poesiealbum geschrieben bekamen, eingeschrieben in Herz und Sinn für alle Zeit?

Auszug aus Poesiealbum mit Klebebildern u.ä.:
Blüh wie das Veilchen im Moose,
bescheiden, sittsam und rein,
und nicht wie die stolze Rose,
die immer bewundert will sein.

Ihre Gesprächseröffnung endet mit den Worten:
Ich habe heute aufgeschrieben: ... ist an mir wunderbar!

Die Frauen tauschen sich darüber aus.

Lied: Wir strecken uns nach dir
(in: Wenn Himmel und Erde sich berühren, Nr. 51)

Gedicht: Lege die kindischen Dinge beiseite

Ich bin 25 – und wenn ich ein Mädchen genannt werde,
spreche ich wie ein Mädchen.
Ich flirte und kichere und stelle mich dumm.
Aber wenn ich mich daran erinnere,
dass ich eine Frau bin,
lege ich die kindischen Dinge weg
und sage, was ich denke und teile und liebe.

Ich bin 36 – und wenn ich ein Mädchen genannt werden,
denke ich wie ein Mädchen.
Ich fühle mich untauglich und deshalb helfe ich
den Männern um mich herum und bediene sie.
Aber wenn ich mich daran erinnere,
dass ich eine Frau bin,
lege ich die kindischen Dinge weg
und arbeite und schaffe und erreiche etwas.

Ich bin 52 – und wenn ich ein Mädchen genannt werde,
verstehe ich wie ein Mädchen.
Ich lasse andere mich beschützen von der Welt.
Aber wenn ich mich daran erinnere,
dass ich eine Frau bin,
lege ich die kindischen Dinge weg
und entscheide und riskiere und lebe mein eigenes Leben.

Sybille Fritsch-Oppermann, in: S. Fritsch-Oppermann / Bärbel von Wartenberg-Potter, „Die tägliche Erfindung der Zärtlichkeit", Gütersloher Verlagshaus, Gütersloh.

Gebet
So wichtig ist dir jeder Mensch, Gott,
dass du ein Wunder aus ihm machst.
Jedes Mädchen, jede Frau: wunderbar in deinen Augen.
Jeder Junge, jeder Mann: wunderbar vor dir.
Lehre uns sehen, was wir sind,
damit wir einander begreifen und achten,
damit wir uns selbst annehmen,
damit wir den Wert eines jeden einzelnen Lebens entdecken
und schützen und pflegen das wunderbare Leben, von dir gegeben.

Segen
Seid gesegnet und geht in die Zeit hinein,
und wisst, dass Ihr Wunder Gottes seid,
von ihm geschaffen, kunstvoll und fein,
ins Leben gerufen als seine Geschöpfe,
beseelt, das Leben zu achten,
begabt, die Welt zu gestalten.

6. „Gott segne die Tänzerinnen"

6.1 Meditatives Tanzen

„Da nahm Mirjam die Pauke in die Hand und alle Frauen zogen mit Paukenschlag und tanzten hinter ihr her" (2. Mose 15, 20). Spontan gaben die Frauen ihrem Gefühl von Freude und Dankbarkeit Ausdruck. Gott im Reigen zu loben und zu preisen, hat eine lange Tradition, die in unseren Gottesdiensten verloren gegangen ist.
Frauen haben in den letzten Jahren zu dieser Tradition zurückgefunden. Behutsam haben wir uns in den Liturgischen Abenden und Gottesdiensten an das Tanzen herangetastet, denn für viele war Tanz im Gottesdienst etwas Neues.

„Unsere Liturgischen Abende erlebe ich als eine Form des Miteinander-Feierns, bei der ich mit allen Sinnen dabei sein kann. Dieses Ganzheitliche tut mir gut", sagte eine Frau, die regelmäßig kommt.
In geformten Kreistänzen bewegen wir uns gemeinsam um eine gestaltete Mitte. Mehr als oft mit Worten möglich ist, kann im Tanz der „Umgang" mit dem Thema zu einer intensiven Erfahrung werden. Darum ist uns der Kreistanz ein sehr wichtiges Gestaltungselement geworden. Im Kreis, dem Symbol der Ganzheit, bringen wir unsere Energien zusammen, gehen unseren Weg und sind dabei eingebunden in die Gemeinschaft. Wir tanzen gemeinsam Schritte, die jede Frau versteht, und die doch bei jeder ein ganz unterschiedliches Empfinden auslösen, das keiner erklärenden Worte bedarf.

Der spirituelle Gehalt der Tänze kann sich für jede Frau auf ganz eigene Weise eröffnen. So kann ein Tanz im Vollzug der Bewegung als Gebet im weitesten Sinn erlebt werden.
Nicht die perfekte Präsentation der Tänze ist uns wichtig, sondern die Freude an der Bewegung und die sinnliche Erfahrung, die das Thema

des Liturgischen Abends auf diesem Weg vertieft. Darum haben wir bewusst Tänze mit sehr einfachen Bewegungen und Schrittfolgen gewählt. Jede Frau kann mitmachen, auch für gehbehinderte Frauen haben wir einen Weg gefunden, sie einzubeziehen: der Rollstuhl wird von einer anderen Frau geschoben.

Die Dynamik der Bewegung und des Tanzes durch das gedruckte Wort zu vermitteln, ist nicht ganz einfach. Die beschriebenen Deutungen sind nur eine Möglichkeit, den Symbolgehalt der Bewegungen zu interpretieren. Jedes Mal können wir die Bewegungen mit einem anderen Inhalt füllen, es wird immer wieder etwas Neues in uns angerührt. Mich einlassen auf Tanz bedeutet, mich einlassen auf mich, auf meinen Körper, meine Seele und meinen Geist und entdecken, dass ich mehr als eine Sprache habe, mich auszudrücken.

In unseren Kreistänzen tanzen wir fast immer rechts herum, also gegen den Uhrzeigersinn. In der alten Tanzsprache bedeutet dies, wir tanzen dem Licht entgegen – der aufgehenden Sonne. Diese dem Licht zugewandte Haltung zeigt sich auch in unserer Handhaltung im Kreis: die rechte Hand ist die geöffnete, sie kann empfangen; mit der linken Hand geben wir das Empfangene weiter. So können wir uns ganz der Energie öffnen, die durch uns hindurchfließt und die uns alle miteinander verbindet.

6.2 Tanzbeschreibungen

Al Achat

Die Musik für diesen Tanz kommt aus Israel. In dem Text heißt es: „Wir werden Gott in Ewigkeit danken, denn er errettete uns aus der Knechtschaft." Aufgezeichnet wurde dieser Tanz von Hilda-Maria Lander. Dieser Tanz gehört inzwischen zu den „Klassikern" und hat im Laufe der Jahre viele kleine Veränderungen erfahren. Häufig wird er als Begrüßungstanz getanzt. Er eignet sich besonders gut dazu, in einem Kreis vertraut miteinander zu werden, sich zu begrüßen und den eigenen und gemeinsamen Raum wahr- und einzunehmen.
Für uns war in diesem Tanz der Gedanke der Befreiung und Freiheit wichtig. Darum haben wir ihn für uns abgeändert. Wenn jede Frau ihren Weg allein geht (mit 8 Schritten rechts und dann links herum) durchtanzen wir den ganzen Raum und kommen nach 16 Schritten wieder an einem neuen Platz im Kreis an. Beim darauffolgenden Gehen zur Mitte fassen wir uns nicht an, so dass beim Hochführen der Arme zur vollen Höhe für jede einzelne die Freude über die Fülle erfahrbar wird. Für diesen Tanz ist es besonders schön, wenn der Raum viel Platz bietet.

Musik: Shalom, Tänze aus Israel, Cal 30594 Calig Verlag (CD und MC)
Aufstellung: im Kreis, Front zur Mitte, Hände sind durchgefasst.

Tanzform und Taktteile: (nur 3/8 Auftakt)

☐ Teil A
    1–8   im Kreis nach rechts gehen, mit rechtem Fuß beginnen (fröhlich schwingender Schritt), 16 Schritte

☐ Teil B
    1–4   mit 8 Schritten vorwärts zur Mitte, rechter Fuß beginnt, Arme von unten nach oben führen
    5–8   mit 8 Schritten rückwärts, rechter Fuß beginnt, Arme von oben nach unten führen

☐ Teil C
1–4 mit 8 Schritten rechts herum einen großen Kreis durch den Raum gehen, der rechte Arm zeigt mit der Handfläche nach innen den Weg an
5–8 mit 8 Schritten links herum einen großen Kreis durch den Raum gehen, der linke Arm zeigt mit der Handfläche nach innen den Weg an
Manchmal haben Frauen auch die Handflächen nach außen gedreht als Zeichen des Abgrenzens oder des Schutzes.

☐ Teil B wird wiederholt, ohne durchzufassen, ehe der Tanz von vorne beginnt;
Reihenfolge des Tanzes: A – B – C – B

Stampftanz

Wir gehen unseren Weg, werden deutlich durch das Stampfen, tanken Energie oder stampfen weg, was uns beschwert. Häufig fällt Frauen das Stampfen schwer, wir müssen es üben, denn stampfen ist – so haben wir es gelernt – kein Mittel, um sich Gehör zu verschaffen.

Choreografie: Ingrid Twele

Musik: Lied Nr. 3 auf Romiosini: Theodorakis singt Lieder von Yiannis Ritsou, EMI

Aufstellung: in einer Reihe, durchgefasst

Tanzform und Taktteile: Dieser Tanz wird als Weg getanzt, dafür sollte viel Platz im Raum sein.

☐ Teil A
1–4 4 flotte Schritte, rechts beginnend

☐ Teil B
1–4 rechts seit, links stampf – links seit, rechts stampf

Mit dieser wechselnden Schrittfolge geht die Gruppe durch den Raum.

Menoussis

Der Menoussis-Tanz stammt aus der Gegend von Epirus in Westgriechenland und ist dort überall bekannt. In Griechenland wird dieser Tanz nach einer schnellen, ausdrucksvollen Musik getanzt. Als meditativer Tanz mit der neuen Musik von Vangellis Papathanasiou, gesungen von Irene Papas, ist er erst seit einiger Zeit bekannt.
Im Menoussis-Lied wird von einem dramatischen Ereignis erzählt. Der junge Menoussis hat aus Eifersucht seine schöne Frau umgebracht. Nach der Tat klagt er verzweifelt. Die Tanzenden bilden im Trauer- und Klagegeschehen gleichsam den Chor, wie er im Theater des antiken Griechenlands zu sehen war. Dieser Tanzchor lässt sich von Klage und Trauer bewegen. Durch die Tanzfolge bewegen sich die Tanzenden buchstäblich hin und her, zurück und vor, schließen ab (Taktteile 10–12) und beginnen wieder von neuem. Es ist ein Drehen und Wenden, ein bewegendes Verarbeiten und immer wieder ein Neubeginn. Der letzte Schritt, der auch die Anfangs- und Schluss-Stellung des Tanzes ist, bedeutet ein Schließen, ein Innehalten in Raum und Zeit.

Choreografie: Traditionelle griechische Tanzform, wie sie von Kyriakos Kamadilis weitergegeben wird.
Musik: Irene Papas: Menoussis auf Odes, (Polydor Nr. 833864-2)
Aufstellung: Halbkreis, Hände in W-Haltung auf Augenhöhe
Ausgangsposition: rechter Fuß kreuzt ohne Gewicht über linken Fuß

Tanzform und Taktteile:

1–3	Gehschritte in Tanzrichtung, rechts beginnend,
4	linker Fuß tippt nach vorn ohne Gewicht auf
5	linker Fuß setzt dicht hinter rechtem Fuß auf
6	rechter Fuß setzt dicht hinter linkem Fuß auf
7	linker Fuß setzt dicht hinter rechtem Fuß auf
8	rechter Fuß vor
9	linker Fuß vor
10–12	rechter Fuß kreuzt ohne Gewicht über linken Fuß, kurzes Innehalten, bevor der Tanz von neuem beginnt.

Frauenschutztanz

Dieser Tanz entstand 1993. Wir erfuhren von den Vergewaltigungen und Misshandlungen von Frauen im Kriegsgebiet Bosnien. Wut und Betroffenheit waren unendlich groß. Wir haben in Lichterketten und Gottesdiensten unsere Empörung zum Ausdruck gebracht, wir haben gebetet um Schutz für die betroffenen Frauen. In dieser Situation entstand dieser Tanz. Wir haben ihn seither immer wieder getanzt mit der Bitte um Schutz für die Frauen, die bedroht sind.
Es ist ein sehr ruhiger Tanz, die Musik kommt aus Jugoslawien.

Choreografie: Ingrid Twele

Musik: Cano Duso, Jugoslawische Tänze (Calig 17701)

Aufstellung: im Kreis, Front zur Mitte, Hände durchgefasst

Tanzform und Taktteile:

☐ Teil A
  1–16 Beginn sofort nach dem kräftigen Auftakt
        8 Wiegeschritte am Platz nach rechts beginnend

☐ Teil B
  1–16   Kreis nach rechts gehen, mit rechtem Fuß beginnend, 16 Schritte
  17–24 mit 8 Schritten vorwärts zur Mitte, die gestreckten Arme werden langsam gehoben und bilden ein schützendes Dach
  24–28 wiegen nach rechts, nach links, nach rechts, nach links
  28–36 8 Schritte rückwärts zurück, mit rechtem Fuß beginnend, die Arme werden behutsam heruntergenommen.
  37–40 wiegen nach rechts, nach links, nach rechts, nach links

Nun beginnt der Tanz von vorne mit Teil B.

Der Tanz endet mit dem schützenden Dach in der Mitte. Das Dach sollte, auch wenn die Musik zu Ende ist, noch einen Moment stehen bleiben und sehr behutsam zurückgenommen werden.

Weg zum Licht

Das Thema unseres Liturgischen Abends „In der Mitte der Nacht liegt der Anfang eines neuen Tages" hat uns auf die Idee gebracht, die Erfahrung von Nacht und Tag, Dunkel und Licht in einer Spirale zu gehen. Aus der Tiefe der Spirale holen wir uns das Licht, um den Raum zu erhellen.

Wir erinnerten uns daran, dass der Weg in die Spirale das Symbol für Vergehen und Werden, Tod und Auferstehung ist, in der Mitte (Tiefe) geschieht die Wandlung.

Musik:
Es eignet sich jede ruhige Musik, z.B. Bach: Konzert für Cembalo, D-Dur, Adagio-Teil, ebenso eine ruhige Fassung des Kanons von Pachelbel o. Ä.

Tanzform:
Der Raum ist dunkel. In der Raummitte wird eine Doppelspirale gelegt, d.h. die Spirale hat einen Eingang und gegenüberliegend einen Ausgang. In der Mitte ist die Wende, hier brennt eine Kerze und das Licht wird geholt und nach außen getragen. Wir haben die Spirale in den Regenbogenfarben gelegt, außen mit den dunklen Farben beginnend.

Im Pilgerschritt (3 Schritte vorwärts, rechts beginnend, 1 Schritt zurück) geht jede Frau mit einer Kerze in der Hand in die Spirale und entzündet ihr Licht in der Mitte. Auf dem Weg nach außen sucht sich jede Frau einen Platz für ihr Licht in der Spirale und stellt es dort ab. So erhellt sich nach und nach der Raum.

Wenn alle aus der Spirale gekommen sind, stellen sich die Frauen in einer Reihe auf, legen dabei den rechten Arm auf die Schulter der Nachbarin. Im Pilgerschritt durchlaufen alle gemeinsam die Spirale, die erste Frau führt an.

Wichtig ist, dass für diesen Weg in die Spirale viel Zeit eingeplant wird, damit jede Frau in Ruhe ihren Weg gehen kann. Anschließend sollte auf jeden Fall eine Zeit, für Rückmeldungen eingeplant werden.

Magnificat

Die Eingangsworte aus dem Lobgesang werden in einem einfachen Kreistanz getanzt und erfahren für die Gottesdienstteilnehmerinnen eine Vertiefung.
Zu diesem 4-stimmigen Kanon gibt es mehrere Choreografien, die in Seminaren und Gottesdiensten getanzt werden, deren Ursprung wir nicht wissen.

Musik: Magnificat „Gesang aus Taizé"
(Musik: J. Berthier, siehe EG, Nr. 573)

Aufstellung: Kreis, Front zur Mitte, nicht durchgefasst

Tanzform:
Magnificat, Magnificat:
    4 Schritte zur Mitte, rechts beginnend, Arme vor dem Körper heben, Hände zu einer Schale öffnen

Magnificat anima mea dominum:
    4 Schritte rückwärts, Arme langsam herunternehmen

Magnificat, Magnificat:
    Mit 4 Schritten einen Kreis nach rechts gehen, Arme langsam vor dem Körper nach oben führen, Hände zur Schale öffnen

Magnificat anima mea:
    Mit 4 Schritten einen Kreis nach links gehen, die Arme werden zur vollen Höhe nach oben geführt.

Hinweis: Soll diese Form als Kanon getanzt werden, zählen die Frauen zu viert durch und setzen nacheinander mit Bewegung und Gesang ein.

Mit dir

Werden und Wachsen ist Thema dieses Tanzes. Die Armbewegungen, das Schöpfen aus der Tiefe, das Zusichnehmen und es weit und groß werden lassen, sind darum in diesem Tanz das Besondere.

Choreografie: Nanni Kloke

Musik: Gormer Edwin Evans, Bed Time, aus: Childrens Music Oreade Music P. O. Box 101, 2110 AC Aerdenhout / Holland

Aufstellung: im Kreis, Front zur Mitte, nicht durchgefasst

Tanzform und Taktteile:

☐ Teil A
- 1–3   3 Schritte, rechts beginnend zur Mitte, rechte Hand zur Mitte gestreckt, linke Hand schöpft aus der Tiefe
- 4–6   3 Schritte rückwärts, Arme zurücknehmen, bis linke Hand rechte Faust umschließt

☐ Teil B
- 1–3   rechts seitwärts wiegen – Hände gehen mit, auf den Zehenspitzen Gewicht über hoch nach links, Arme gehen mit
- 4   rechts seitwärts wiegen
- 5–6   auf den Zehenspitzen Gewicht über hoch nach links, die Arme gehen mit und werden über den Kopf weit nach rechts und links geöffnet und so heruntergeführt, dass zum Kreis durchgefasst werden kann

☐ Teil C
- 1–3   Kreis nach rechts gehen, mit rechts beginnend, durchgefasst
- 4   links anstellen,
- 5   Gewicht auf beide Füße, anheben, senken
- 6   Füße anheben und senken

Der Teil C wird wiederholt, bevor der Tanz von vorne beginnt.

Hinweis: Das Musikstück ist sehr lang (9 Min.) und sollte eventuell gekürzt werden.

Tanz für Hestia (Lichttanz)

Hestia steht in der griechischen Mythologie für das Herdfeuer. Herdfeuer ist Symbol für das häusliche Zentrum, Zentrum von Leben und Gemeinschaft. Einladung an Hestias Herdfeuer bedeutet auch Einladung zur Gemeinschaft, aus der wir gestärkt in den Alltag gehen können.

Choreografie: Ingrid Twele

Musik: Feidman Giora; Hatikva aus: The soul chai – die Seele lebt Verlag „pläne" GmbH, Dortmund

Aufstellung: Kreis, Front zur Mitte, in der linken Hand hat jede Frau ein Licht, die rechte Hand fasst unter die linke Hand der rechten Nachbarin, so dass ein geschlossener Kreis entsteht.

Tanzform und Taktteile: Tanz beginnt ohne Vorspiel

☐ Teil A
1–8   8 Wiegeschritte am Platz rechts beginnend

☐ Teil B
1–4   4 Schritte vorwärts, rechts beginnend,
      Handfassung wird gelöst,
      Arme werden langsam vor dem Körper nach oben geführt,
      rechte Hand kann unter die linke Hand gelegt werden
5–8   4 Wiegeschritte, rechts beginnend
9–12 4 Schritte, rechts beginnend, rückwärts

☐ Teil C
1–4   mit 4 Schritten einen Halbkreis gehen, mit rechts beginnend,
       Front ist nun nach außen gewendet,
5–8   4 Schritte, rechts beginnend vorwärts nach außen gehen,
       Arme vor dem Körper nach oben führen,
9–12   wiegen rechts, links, rechts, links,
13–16 mit 4 Schritten rückwärts, Arme langsam herunternehmen,
17–20 mit 4 Schritten einen Halbkreis gehen, rechts beginnend,
       Front ist nun wieder zur Mitte gewendet,

Der Tanz wird dreimal hintereinander getanzt.

Sonnenstrahlentanz

Die Sonne ist bei allen Völkern eines der wichtigsten Symbole. Sie verkörpert das Licht, das Feuer, also lebensspendende Elemente. Ihre Strahlen machen Dinge erkennbar, wir sagen z.b.: „Die Sonne bringt es an den Tag". Christus wird auch die „Sonne der Gerechtigkeit" genannt. Dieser Sonnenstrahlentanz symbolisiert die Sonnenstrahlen, die Wärme und die Helligkeit, die sie spenden.
Die Ruhe und Kraft der sich langsam drehenden „Sonne" kann Einkehr halten im tanzenden Kreis.
Wir haben den Tanz häufig getanzt mit der Vorstellung, einen Gedanken, einen Gruß, einen Wunsch an einen Menschen zu schicken.

Choreografie:
Bernhard Wosien, aufgeschrieben von Hilda-Maria Lander

Musik: Jede langsame, getragene Musik (z.B. Kanon von Pachelbel, Air von J. S. Bach; Kitaro, Silk road) u. Ä.

Aufstellung: im Kreis, Front zur Mitte, Hände sind durchgefasst

Tanzform und Taktteile:
1 rechter Fuß rückwärts
2 linker Fuß rückwärts
3 rechts vorwiegen
4 links zurückwiegen
5 rechter Fuß vorwärts
6 linker Fuß rückwärts
7 rechter Fuß nach rechts zur Seite
8 linker Fuß schließt an den rechten mit Gewicht

Tanz für Sophia (Segenstanz)

Dieser Tanz entstand zum Weltgebetstag 1992 „In Weisheit mit der Schöpfung leben".
In diesem Tanz bitten wir um Segen für uns und die Schöpfung. Haben wir Segen empfangen, so können wir auch Segen austeilen, und als Gesegnete gehen wir behutsam unseren Lebensweg.

Choreografie: Ingrid Twele

Musik: Patrik Ball: Blind Mary auf: „The Music of Turlough O carolan, Verlag Kuckuck Schallplatten, München

Aufstellung: im Kreis, Front zur Mitte, nicht durchgefasst

Tanzform und Taktteile:
- Teil A
  - 1–4 mit 4 Schritten vorwärts zur Mitte, mit rechtem Fuß beginnend, die Arme angewinkelt vor dem Körper, die Hände geöffnet nach oben
  - 5–8 wiegen nach rechts, nach links, nach rechts, nach links
  - 9–12 mit 4 Schritten rückwärts, rechts beginnend, Armhaltung bleibt
- Teil B
  - 1–4 mit 4 Schritten rechtsherum einen Kreis gehen, Arme weit geöffnet
- Teil C
  - 1–16 mit 4 Pilgerschritten (rechts vor, links vor, rechts vor, links zurückwiegend) weitergehen auf der Kreislinie, Hände durchgefasst, dann beginnt der Tanz von vorne.

Werden und Wachsen

Mit dieser meditativen Gestaltung mit Bewegung und Musik sollte ein wenig von dem Prozess des Werdens und Wachsens erfahrbar werden. Die Übung kann einzeln oder paarweise durchgeführt werden.

Choreografie: Nanni Kloke

Musik: Nick Fletcher, The king of love my shepherd is, auf: Soften my Heart, KMCD 728
Dies ist eine sehr ruhige Gitarrenmusik, es kann auch eine andere Musik gewählt werden.

Bewegungsablauf:

1 Wir schöpfen mit beiden Händen aus der Tiefe
2 die Hände werden hochgeführt bis zur Körpermitte, Handflächen zu einer Knospe zusammenführen
3 Arme vor dem Körper langsam nach oben führen, Hände öffnen sich zu einer Blüte
4 Hände und Arme zu beiden Seiten weit öffnen, zurückführen und Hände vor dem Bauch ineinander legen
5 Pause – dann beginnt der Ablauf von vorne

Jede Frau bzw. jedes Paar kann dabei das eigene Zeitmaß finden. Es sollte eine Musik von ca. 5 Minuten Spieldauer gewählt werden.

Literaturverzeichnis

Elisabeth Achtnich, Frauen, die sich trauen, Lahr 1991

Martin Buber / Franz Rosenzweig, Die Schrift, Stuttgart 9. Auflage 1992

Sybille Fritsch / Bärbel von Wartenberg-Potter, Die tägliche Erfindung der Zärtlichkeit. Gebete und Poesie von Frauen aus aller Welt, Gütersloh 1986

Sybille Fritsch-Oppermann, Von Schönheit und Schmerz. Gebete und Poesie von Frauen aus aller Welt, Gütersloh 1991

Hildegard von Bingen und ihre Zeit. Geistliche Musik des 12. Jahrhunderts (CD 74584), Freiburg

Martin Luther King, Ich habe einen Traum, in: Schenk dir Zeit. Texte – Bilder – Lieder für Schule, Familie und Gemeinde, hg. v. Christiane Olbrich, Karlsruhe 1988

Heidi Rosenstock / Hanne Köhler, Du Gott, Freundin der Menschen. Neue Texte und Lieder für Andacht und Gottesdienst, Stuttgart 1991

Die „Seelenburg" – Teresa von Avila, in: Rolf Beyer, Die andere Offenbarung. Mystikerinnen des Mittelalters, Bergisch Gladbach 1989

Teresa von Avila, Gott zwischen den Kochtöpfen, hg. v. Anneliese Schwarzer, Wuppertal 1992

„Was ist das Leben?" Ein schwedisches Märchen, in: Die Geschichte vom Korb mit den wunderbaren Sachen. Kleine Märchen zum Verschenken, hg. v. Jürgen Schwarz, Eschbach 1992

Jörg Zink / Hans-Jürgen Hufeisen, Wie wir feiern können. Lieder, Psalmen, Gebete und Tänze zu Tages- und Festzeiten, Stuttgart 1992

Zum Weitergeben. Arbeitshilfe für Mitarbeiterinnen in der Ev. Frauenhilfe Deutschland, Düsseldorf 1989

Trotz intensiver Bemühungen ist es leider nicht in allen Fällen möglich gewesen, den jeweiligen Rechtsinhaber ausfindig zu machen. Für Hinweise ist der Verlag dankbar. Rechtsansprüche bleiben gewahrt.

Liederverzeichnis

Adoramus te, Domine (T.: Taizé 1978; M. + Satz: Jacques Berthier 1978), in: Evangelisches Gesangbuch, Ausgabe für die Evang.-Lutherischen Kirchen in Niedersachsen und für die Bremische Evangelische Kirche (immer abgekürzt mit „EG"), Verlagsgemeinschaft für das Evangelische Gesangbuch Niedersachsen/Bremen 1994, Nr. 648
Alles muss klein beginnen (T. + M.: Gerhard Schöne), in: Menschenskinderlieder, Beratungsstelle für Gestaltung von Gottesdiensten und anderen Gemeindeveranstaltungen, Frankfurt a.M., 4. Auflage 1989

Bewahre uns Gott, in: EG Nr. 171
Brot und Rosen, in: The Liberated Women's Songbook, Jerry Silverman Verlag

Der Tag ist um, die Nacht kehrt wieder (T.: K. A. Höppl nach dem engl. „The day thou gavest, Lord, is ended" von J. F. Elerton 1870; M.: O dass doch bald sein Feuer brennte), in: EG Nr. 490
Dona nobis pacem, in: EG Nr. 435
Dein König kommt in niedern Hüllen, in: EG Nr. 14
Du Gott stützt mich (Kanon von Dorle Schönhals-Schlaudt), in: Heidi Rosenstock / Hanne Köhler, Du Gott, Freundin der Menschen. Neue Texte und Lieder für Andacht und Gottesdienst, Stuttgart 1991
Du meine Seele, singe, in: EG Nr. 302
Du sammelst meine Tränen (Kanon: Heidi Rosenstock, Dorle Schönhals-Schlaudt, Bernd Schlaudt), in: Du Eva, komm, sing Dein Lied. Liederheft zur Ökumenischen Dekade 1992
Du Stern des Abends (T.: Jörg Zink; M.: Hans-Jürgen Hufeisen), in: Wie wir feiern können, Stuttgart 1992, S. 52–53

Einsam bist du klein (T.: F. K. Barth / P. Horst; M.: P. Janssens), in: Ich liebe das Leben, Telgte 1981; auch in: Meine Seele sieht das Land der Freiheit. Feministische Liturgien – Modelle für die Praxis, hg. v. Christine Hojenski, München 1990, S. 256
Erleuchte und bewege uns (T.: F. K. Barth; M.: P. Janssens), in: Wenn Himmel und Erde sich berühren. Lieder für Frauenliturgien, hg. v. Brigitte Enzner-Probst und Andrea Felsenstein-Roßberg (immer abgekürzt mit „Himmel und Erde"), Gütersloh 1993, Nr. 24

Fürchte dich nicht, gefangen in deiner Angst, in: EG Nr. 595

Gott, dein guter Segen (T.: Reinhard Bäcker; M.: Detlef Jöcker), in: Heut ist ein Tag, an dem ich singen kann, Teil II, Münster 194
Gott gab uns Atem, in: EG Nr. 432

Halleluja, preiset den Herrn, in: Menschenskinderlieder Nr. 49 (s. o.)
Halte deine Träume fest (T.: Eugen Eckert; M.: Jürgen Kandziora), in: Menschenskinderlieder (s. o.)

Im Lande der Knechtschaft (T. + M.: Claudia Mitscha-Eibl), in: Frauen auf dem Wege. Neue geistliche Lieder, hg. v. der Kathol. Frauengemeinschaft Deutschlands, Düsseldorf 1994
In der Mitte der Nacht (T.: Sybille Fritsch-Oppermann; M.: Fritz Baltruweit), in: Mein Liederbuch für heute und morgen, 7. Aufl., Düsseldorf 1991

Komm, heilger Geist (T.: mündl. Überlieferung; M. aus Israel), in: EG Ausgabe Bayern / Thüringen Nr. 564
Komm, heilger Geist mit deiner Kraft, in: Himmel und Erde Nr. 64
Komm, lass diese Nacht nicht enden (T.: K.-J. Netz; M.: C. Lehmann), in: Mein Liederbuch für heute und morgen (s. o.)

Lass uns den Weg der Gerechtigkeit gehen (T.: Diethard Zils, nach dem Span. v. M. P. Figuera; M.: C. H. Jiménez), in: Es sind doch deine Kinder, Düsseldorf 1986
Laudate omnes gentes (T. nach Psalm 117; M. u. Satz: Jacques Berthier, Taizé 1978), in: EG Nr. 181.6

Magnificat (Kanon zu vier Stimmen: Jacques Berthier 1978), in: EG 579
Maria durch ein Dornwald ging (Volksweise aus dem Eichsfeld), in: Unser fröhlicher Gesell, Bad Godesberg 1963
Mit Ernst, o Menschenkinder, in: EG Nr. 10

Nimm dir Zeit (T. + M.: Walter R. Ritter), in: Himmel und Erde Nr. 4
Nun danket alle Gott, in: EG Nr. 321

Öffne meine Ohren, Heiliger Geist, in: Himmel und Erde Nr. 95

Sanctus, sanctus, sanctus, in: EG Nr. 656
Sanftmut den Männern, Großmut den Frauen, in: Himmel und Erde Nr. 31
Schenk uns Weisheit, schenk uns Mut, in: Himmel und Erde Nr. 119
Stellst unsre Füße, Gott, auf weiten Raum, in: Du, Eva, komm, sing Dein Lied; auch in: Himmel und Erde Nr. 23

Ubi caritas et amor, in: EG Ausgabe Bayern / Thüringen Nr. 651
Und Mirjam schlug die Pauke, in: Helga Kohler-Spiegel / Ursula Schachl-Raber, Wut und Mut. Feministisches Materialbuch für Religionsunterricht und Gemeindearbeit, München 1991

Vergiss es nie (T. + M.: Paul Janz), in: Feiert Jesus – Das Jugendliederbuch, Neuhausen
Vertraut den neuen Wegen, in: EG Nr. 395

Wenn einer alleine träumt (T.: Dom Helder Camara; M.: Ludger Edelkötter), in: Himmel und Erde Nr. 45
Wenn einer zu reden beginnt, in: Weitersagen, Drensteinfurt
Wir strecken uns nach dir, in: Himmel und Erde Nr. 51

Zeit für Ruhe (T.: G. Krombusch; M.: Ludger Edelkötter), in: Weil du mich magst, Drensteinfurt